小説 仮面ライダー電王

デネブ勧進帳

白倉伸一郎

講談社キャラクター文庫 033

目次

キャラクター紹介

桜井《さくらい》侑《ゆう》斗《と》　**仮面ライダーゼロノス**

仮面ライダーゼロノスに変身する青年。未来の自分がイマジンであるデネブと契約したことで時の列車・ゼロライナーに乗り、デネブとともに時の運行を脅かす者に立ち向かうこととなった。時の列車・デンライナーからの連絡を受け、過去から届いた緊急鉄道電報の謎を解明するため十二世紀へ向かう。

デネブ

桜井侑斗と行動を共にするイマジン。その姿は烏天狗のイメージが実体化したもので、性格は温和で優しい。低姿勢かつ礼節を心得ており、侑斗の身の回りの世話もほとんど行う。そのため料理、食材への造詣が深い。侑斗とは契約が締結されているため現実世界で実体化でき、侑斗と行動を別にすることも可能である。

武蔵《むさし》坊《ぼう》弁《べん》慶《けい》

比叡山出身の法師（僧兵）で武勇に優れる大男。都で武者たちから刀を奪い取っていたが、千人目に遭遇した牛若丸（のちの源義経）に敗れて家来になる。源平合戦に参戦し、平家を滅亡に導いた壇ノ浦の戦いでも活躍。義経を愛するがゆえに彼の行動の軽率さを心配している。

九郎《くろう》判官《ほうがん》義経《よしつね》　源《みなもとの》義経《よしつね》

兄・源頼朝の挙兵に応じて源平合戦における実戦部隊の武将として戦う。勝利のためには手段を選ばず、武士道も気にしない。

静御前《しずかごぜん》

もと白拍子（舞女）で、義経の最愛の愛妾。

鬼《おに》

静御前を守る弓矢の使い手。赤毛。

伊豆の源兵衛《げんべえ》

シイタケ売り。吉野山で身ぐるみを剥がされていたところを侑斗に救われる。

和田左衛門尉義盛《わださえもんのじょうよしもり》

数々の戦いで武勲をあげ、源頼朝の下で初代侍所別当を務める。

梶原景時《かじわらかげとき》

もともとは平家側の武将として源頼朝と対戦したが、後に頼朝の側近となる。壇ノ浦の戦いで、戦術をめぐって義経と対立し、確執が生まれたと伝えられる。

佐藤忠信《さとうただのぶ》

兄の継信《つぐのぶ》ともども義経軍にしたがった武将。のちに「義経四天王」と称された。

平 知盛《たいらのとももり》

壇ノ浦の戦いで一門の滅亡を見とどけ、入水した、平家方の総大将。平 清盛《たいらのきよもり》の四男。

源 頼朝《みなもとのよりとも》

源氏の棟梁。義経とは異母兄弟にあたる。

デンライナーの人たち

野上良太郎《のがみりょうたろう》　**仮面ライダー電王**《デンオウ》

時の列車・デンライナーに乗る《特異点》とよばれる存在のひとり。

自分にイマジンを憑依させることで、様々なフォームの仮面ライダー電王に変身する。

ハナ

オーナーの依頼で、時の番人として活動する女性。良太郎を電王としてスカウトした。

オーナー

デンライナーの全権を握る謎の人物。チャーハンに格別のこだわりがある。

ナオミ

デンライナーの食堂車に勤務する客室乗務員。

モモタロス・ウラタロス・キンタロス・リュウタロス

良太郎に憑依するイマジンたち。

小説 仮面ライダー電王

デネブ勧進帳

原作

石ノ森章太郎

著者

白倉伸一郎

協力

金子博亘

デザイン

出口竜也

（有限会社 竜プロ）

0 ▼ 決戦場にて

見わたすかぎりの平原を、無数のゾンビ兵が埋めつくしている。

ゼロノスはつぶやいた。

「生きてもどれるとは思えないな」

「ひひん?」

「死ぬか、デネブ」

「ひひーん!」

最後まで聞きもせず、デネブは駆けだした、一目散に、敵にむかって。

こいつとなら死ねそうだ——。

(すまない、デネブ。約束はまもれそうもない)

思いを振りはらい、ゼロノスは、天空に剣を振りかざした。

太陽をうつし、刀身がまばゆくきらめく。

敵陣のまっただなかに切りこんだ。

1

電《デン》王《オウ》死す！

桜井侑斗《さくらいゆうと》は、手紙が嫌いだ。

小学生のころからだ――学校の下駄箱《げたばこ》を開ければ、毎日のように手紙が入っているようになったのは。

うっかり開封すると、女の文字でなにかつづられている。文章はおさない。暗号めいたマークやシールにいろどられているばかりで、ちっとも要領をえない。無理やり解釈するなら、俺のことを好きだと言いたいようだ。

なぜ上履きに履きかえたいだけなのに、『作者のきもち』を推しはかる必要があるのか。国語の成績にもならないのに。

そもそもだ。小学生の侑斗は思った。

「下駄箱をポストとまちがえるな」

郵便ポストと下駄箱の区別もつかないやつに、好かれようが嫌われようがかまわない。そんな手紙に読む価値があるはずもない。だからゴミ箱に捨てる。ゴミはゴミ箱に捨てるもので、下駄箱やポストに入れるものじゃない。それが常識だ。

ところが、その常識は世間には通用しないようだった。

中学に上がったばかりのころ。

いつものように手紙を捨てたら、たちまち女の子に泣かれ、その仲間たちに総スカンを食らって、タイヘンな目にあった。

差出人当人がずっと見はっていて、見はっている差出人を、さらに見はっている仲間がいたわけだ。念の入ったことだ。さすが小学校よりレベルアップしていると感心もするが、そんな感想なんか口にできる雰囲気ではなかった。一学期のあいだずっと、『全女子の敵』認定を受けつづけた。はっきり言ってキツかった。

それからというもの、捨てる前に辺りをうかがうよう心がけた。ゴミをゴミ箱に捨てるのに、コソコソしなければならないとは。われながら自分がかわいそうになる。

元凶は、手紙というやつだ。

そんなことを思い返しながら、下駄箱に伸ばしかけた手がこおった。

見なれない名札とにらめっこしてから、侑斗は苦笑した。

『田口《たぐち》』

俺は卒業したんだった。

下駄箱が、在校生にバトンタッチしているのはあたりまえだ。惰性で、もとの下駄箱に足が向かってしまったらしい。在学中は、開けるのがあれほど気が重かったのに。

侑斗は首をふり、来客用のスリッパが置かれているスチール棚に向かった。

矢先。

「おやおや、いまごろご出勤ですか？　制服はどうしたのです」

中年男の声がかかった。

振り向いた侑斗の胸が、すこしあたたかいもので満たされた。

「梶原《かじわら》先生。ごぶさたしてます」

「おや、君は……生徒ではないようですね」

「桜井です。天文部——元天文部の」

「天文部……？」

「今日は卒業証明書をもらいに来たんですが——」

言いかけた侑斗は口をつぐんだ。

教師は、けげんそうな顔をして、視線を宙に泳がせている。

「桜井、桜井……。心あたりないですねえ」

あたたかくなった侑斗の胸が、一気に急速冷凍された。

「失礼します」

侑斗はきびすを返した。

校舎を出ると、正門までは未舗装のグラウンドである。

風が舞い、砂けむりが目に入った。侑斗は立ちどまり、目をこすった。

(侑斗、もう帰るの？　学校に用事があるって言ってたろ。卒業証明書をとりに行くって……)

頭の中に、野太い声がひびいた。

ちっ。小さく侑斗は舌うちする。

頭の中の声の主には、侑斗の一挙手一投足がつつぬけだ。とり憑《つ》いているのだから仕方がない。地縛霊のようなものである。望んでもいないのに、いつの間にかこうなっていた。慣れっこになってはいるが、ときどきめんどくさい。

「気が変わったんだよ」

（ええっ？　どうして？　大学受験するにも就職するにも、卒業証明書は必要だ。侑斗の未来がかかってる。もちろん大学や就職がすべてじゃないぞ。侑斗の価値はそんなことで変わりっこない。けど、えらぶ前から、選択肢を捨てることはないじゃないか。宝くじも買わなかったら当たらないぞ。侑斗の未来が宝くじみたいにイチかバチかだって言ってるんじゃなくて……）

くどくど、くどくど。

ほうっておけば、いつまでだってしゃべりつづけるだろう。

侑斗のセルフイメージでは、自分は一を聞いて十を知るタイプだが、声の主——デネブは、一を言うのに十語る。つまり、侑斗からすれば、デネブの言葉は百倍クドい。

「うるさい」

と、侑斗が言ったとき、

「うるさいとは聞き捨てなりませんね」

思わぬところから反論があった。

振り返ると、さきほどの中年教師が立っていた。

「先生」

「桜井くん、といいましたか。ここを卒業したというのは、いつの話でしょう」

「去年の三月ですけど」

「去年ねえ」教師の眉間がけわしくなった。「私は、おととしから学年主任をもって任じさせてもらってる。ここ二年の卒業生は、もちろん全員知ってます。でも君なんて、顔も見たことありませんがねえ」

「先生は……」

忘れたんだよ。

侑斗は言葉をのみこむ。言ってもしかたがない。

戦いをかさねるたび、人は俺のことを忘れていく。

そんな、わけのわからない契約をしたのは自分じゃない。すくなくとも、今の自分ではない。未来の自分が、勝手に契約をむすび、戦いを過去の自分――今の俺に押しつけた。

いまだに腑《ふ》に落ちてはいない。

会ったこともない親戚の借金を背負わされたみたいな感じだ。その迷惑な親戚が、未来の自分自身だと言われても、にわかに納得できるものではない。それでも侑斗が受けいれたのは、うしなうものがなかったからだ。

人が自分のことを忘れたからって何だ？

けど。

意外とキツい……と、ここ一年くらいの経験で思い知ってはいた。

校庭を見おろす校舎からふたりは丸見えだ。窓ぎわに生徒たちがあつまって騒ぎはじめている。

「卒業証明書をとりに来たなんてウソでしょう。君は誰です？　何しに来たんです？」

「もういいです」

「もういいとは、何がいいんですか」

完全に不審者あつかいである。

侑斗は自嘲の笑みをうかべた。

「忘れたって仕方ないですよ、先生。俺、影うすかったですから。卒業者名簿を確認してもらえませんか。桜井侑斗って名前あるか」

「名簿……？」

教師の顔が困惑に歪《ゆが》むのを見とどけもせず、侑斗は踵《きびす》をかえした。

頭の中の声が言いつのってきた。

（あいつ、侑斗の先生なのか？　だったら、ちゃんと挨拶しないと。キャンディ持ってる？　持ってないの？　今からでも俺がとどけ――）

「もういいって！」

だが、学校の椿事《ちんじ》はそれだけでは終わらなかった。

正門を出て曲がったときである。

「桜井！」

教師とは別の声が侑斗を呼びとめた。

×　　×　　×

制服を着た男子生徒だった。

足もとは上履きのままだ。校庭で教師ともめているのを見て、飛びだしてきたらしい。

「俺のこと覚えてるヤツが、まだいたか」

紅潮した顔に見おぼえがなくもない。

こっちが在学中に一年生だったから、いまは三年生か。名前まではおぼえてない。もしくは最初から聞いてない。

男子生徒は、侑斗から三メートル手前で急ブレーキをかけた。

その形相からすると、駆けだしてきた勢いのまま、殴りかかりたかったのを抑えたか、侑斗の三メートル以内には近づきたくなかったか。どっちにせよ、侑斗の来訪を歓迎してくれているわけではなさそうだ。

男子生徒が怒鳴り声をあげた。

「どんだけサキをバカにしたら気が済むんだよ！」

サキ？　人の名前か？

自分の二十年の人生と、サキという名前の人物が交錯したことがあったか、記憶の底をほじくり返しているうちに、男子がさらに声を高めた。

「サキがな、お前を見て泣き出したんだよ。あいつをさんざん傷つけておいて、嫌がらせに来てんじゃねえよ！」

俺を見て？

侑斗が見あげると、教室のひとつから、さっと身をかくす姿があった。生徒たちが窓という窓に鈴なりになって見物しているなかで、その動きはめだった。

一瞬だったが、その女子生徒の面影に、おぼろげな記憶がよみがえってきた。

同時に、先ほどの二択の答えもわかった。

こいつは殴りたい派だ。

うかつに相手をすると、かえって長びく。とっとと願望を充足させてやったほうが時間のムダがすくない。侑斗はそう判断した。

あえて挑発する。

「お前、そのサキとかいう女が好きなのか？　桜井侑斗なんか見ないで、自分を見てくれとか言って青春したらどうだ」

「……桜井っ！」

読みどおり、男子が激昂《げきこう》し、殴りかかってきた。

「お前、サキの名前も覚えてないのかよ！」

（……え？）

違和感を感じた。

あおりたててやれば、ブレーキが外れる——というのは、読みどおりではあるけれど、展開が計算とちがっている。

どこがちがう？

違和感の原因を、頭の片すみでさぐりながら、侑斗は体の向きを調整した。

威勢だけはいいけれど、見かけ倒しだ。そう見たてたとおり、パンチはスローモーだし、ストロークが足りていない。こうした手合いとのケンカは、長びく傾向にある。さっさとクリーンヒットを決めた感を持ってもらうにかぎる。

それこそ青春ドラマみたいに、一発ですっきり終わってもらおう。

そう思い、男子の拳のコースの前に、自分の頭を持っていったつもりだったが——

「最初に言っておく！」

自分の口が勝手に動き、自分の腕が、勝手に動いて男子のパンチを止めた。

「侑斗に手を出すな！」

（デネブ！）

いつの間にか、自分が頭の中の声にさしかわっていた。

体はデネブのものになっている。

侑斗は――デネブの操り人形と化した侑斗は、相手のパンチを受けながし、その勢いを利用するもへったくれもなく、力まかせに男子を放りなげた。

男子が、ざっと百メートルは宙に舞った。

（ばか、受けとめろ！）

「えー、侑斗の敵だろ？」

（いいから！）

デネブは――彼が憑依《ひょうい》した侑斗の体は、しぶしぶ、落下点で男子をキャッチした。

男子は気をうしなっている。

（出ろ、デネブ！）

「でも……」

納得いかない口ぶりで、デネブが離れた。

とたんに、男子の重みが腕にずっしり来た。地面に降ろし、ざっと触診する。大丈夫。ケガはしてない。軽い脳震盪《のうしんとう》を起こしただけだ。

男子が気がついて目をあける。

「お前、何て名前だっけ？」

「こ、小林《こばやし》……」

「だったな」

侑斗は、聞いた瞬間に後悔していた。

「だが、お前も俺のことなんかすぐに忘れる。だから俺も、お前をおぼえない」

力が抜けた男子の体を地面に横たえ、侑斗は歩き出す。

おずおず、という感じでデネブの声がひびく。先ほどのハイテンションはどこへやら。

(侑斗。俺、よけいなことした？)

「結果オーライだ」

フォローしたいわけではなく、侑斗は心からそう思った。

先ほどの違和感の正体が、まだ腑に落ちてない。計算がかけ違えていた以上、ケンカがだらだらつづいてしまう可能性はあったのである。いずれにしても、面倒は終わった。

侑斗は足ばやになった。

背中に視線を感じていた。

男子生徒じゃない。教室からのぞき見ているだろうサキの目だ。視線の矢を切りたくて、問わず語りに話しはじめた。

「……あの女さ、俺に手紙を渡そうとしたことがあったのな」

（サキって人？）

「俺は受けとらなかった。そしたら、あの男が食ってかかってきた。受けとってやれよ、って。めずらしい反応だろ。それでおぼえてた。二年も前のことなのに」

（なんで受けとらないんだ？　俺はお手紙もらったらうれしいよ）

「どうせラブレターだぞ。受けとってどうすんだ」

（お返事書く）

「知らない相手に、なんて書くんだ。『で、お前誰？』とか？　不毛すぎるだろ」

（そこから友情がはじまることだってある）

「ラブレター寄こすヤツに、友情期待すんな！」

どっと疲れながら、もう一度侑斗は思った。

やはり、手紙というやつは疫病神だ。今回の小椿事も、ラブレターが発端だった。生涯、二度と受けとりたくない。

そう思った刹那、デネブがつけたした。

（そういえば、デンライナーから呼び出しがあったよ。お手紙とどいたんだって）

「はあ?!　手紙?!」

その手紙が、侑斗を、およそ千年の時を越える冒険に引きずりこむことになる。

侑斗にとって、手紙は鬼門なのだった。

×　×　×

阿鼻叫喚《あびきょうかん》。

その言葉の意味を、たっぷり堪能できるのが、この日のデンライナー食堂車だった。

おかしな連中との付きあいも、もう一年以上になる。慣れっこのはずの侑斗も、ドア前に立ちすくんだ。

「このエロガメ。てめえがカビだってんだよ！」

「モモタロスのばーか！　カメちゃんはカビじゃないよ！　カビのもとだよ！」

「先輩、リュウタ。言っておくけど、体温高いのはそっちだからね。濡《ぬ》れ衣《ぎぬ》もいいところ」

「だから、その濡れてんのがやべえつってんだろ！」

「水もしたたるいい男っていうの」

音だけ聞けば、なんとなく会話が成立しているように聞こえなくもないが、見た目には、三色の閃光《せんこう》が走っているようにしか見えない。

赤いのと、青いのと、紫の三匹が、人間ばなれしたスピードで鬼ごっこをくりひろげているのだ。けっして広いとは言えない車内は惨状を呈している。テーブルは倒れ、什器《じゅうき》は宙を飛びかい、車体がこわれないのが不思議なくらいだ。

喧噪《けんそう》を巻きおこしている三者とはうらはらに、落ちつきはらったふたりがいた。

落ちついているというより、かたやぐっすり寝息をたて、かたや呆《あき》れかえってつむじを曲げている風だったが。

つむじを曲げているほう。

ぴっちりした制服を着た添乗員に、侑斗は話しかけた。

「念のために聞いておくが、何の騒ぎだ、これは」

「ニューバイなんですって」

「ニューバイ？　何だそりゃ」

「私、あと片づけとかしませんからね」

話が合わない。

添乗員は、それ以上の解説を加える気はないらしく、ぷいっとそっぽを向いてしまった。侑斗まで、むかっぱらの対象にされてしまったらしい。

このナオミという添乗員が、いったんご機嫌をそこねたらテコでも動いてくれないのはいつものことだ。取りつぎも頼めないだろう。

(どうしたものか……)

「おやおや」

思案するまでもなく、用件の相手が向こうからあらわれた。

食堂車に入ってきた紳士が眉をひそめている。

「お願いしたのは、カビ掃除のはずですが。デンライナーをめちゃくちゃにしてほしいと言ったおぼえはありませんよ」

紳士のうしろから、電光石火のいきおいで少女が飛びだした。

「あんたたちっ!」

さけんだ声の、残響もおさまらないうちに、三匹は床にたたきふせられていた。

人間をはるかに凌駕《りょうが》するスピードとパワーを持つイマジン三体を、一瞬で、である。

「何すんだよ、ハナクソ女!」

文句を言いかけた赤いのを、少女——ハナは、容赦なくピンヒールで踏みつけて沈黙させた。

どこかで見たことある光景だと思い、侑斗は記憶をさぐった。

そうだ、毘沙門天立像《びしゃもんてんりゅうぞう》。邪鬼を足下にひしいで、仁王立ちする雄渾《ゆうこん》さは、運慶《うんけい》作とつたわるだけのことはある、というアレだ。

毘沙門天ハナの後ろから、ひょろりとした少年も顔をのぞかせた。

「ぐおおおっ」

黄色いのが、高イビキをかいた。

×　×　×

「ニューバイなので、皆さんにカビ対策の掃除をお願いしたんですが。カビは湿気を好むのなんのと、よけいな知識を吹きこんでしまったのが失敗だったようですね」

「だから、そのニューバイってのは何だ」

紳士――オーナーが言っていることがわからないのは前からだ。せっかくテーブル類もならべなおしたというのに、また床がぐらぐら揺れだした気がした。

「ニューバイは、ニューバイです。太陽が黄経八十度を通過する日です。太陰暦のころは、二十四節気の芒種《ぼうしゅ》のあとの壬《みずのえ》の日でしたが」

「それが、なんで掃除につながるんだ？」

「梅雨入りですから」

「ああ……」

やっと、《入梅》という漢字が浮かんだ。

「たしかに梅雨入りしたものな」

「梅雨入り？　まだしてないんじゃなかった？」

口をはさんだのが、ひょろり少年——野上良太郎《のがみりょうたろう》である。

「いや。今週はじめに梅雨入り宣言が——」

言いかけて、ふと気づいた。

侑斗と良太郎とは、住む時間がちがう。季節の話題をしても意味はない。

そもそもこの場所——デンライナーに時間はない。『今日』とか『季節』とかいった、概念じたいが存在しない。

デンライナーは、時の列車である。

走るのは、どこまでも広がっている時の砂漠だ。『どこまでも』というのは、比喩ではない。過去につづく下り線も、未来につづく上り線も、宇宙の始まりや終わりを越えて、はるか先まで延びている。

もちろん、砂漠も線路もメタファにすぎない。現実には存在しない。

けれど、このメタファはとてもうまく機能していた。

侑斗自身、自分の列車——ゼロライナーを運転するだけで、時間というよくわからないものの中を自在に移動できている。

電子データという理解しづらいものをあつかう方法のひとつに、デスクトップメタファというのがある。

モニタ画面を、デスクトップと呼び、データのかたまりをファイルとか文書とか呼び、フォルダに整理する。ファイルやフォルダという実体が存在するわけではなく、無理やりリアルワールドのデスクになぞらえたにすぎない。不合理なメタファだが、こむずかしい二進数の世界を意識しなくてすむ。それとおなじだ。

ただし。

いくつか落とし穴がある。

そのひとつが、時の列車の乗員乗客に、時間の感覚がなくなることだ。

いつともしれない『時の中』にいつづけたら、飛行機でいうところの空間識失調になる。空中で上下を見失ったら墜《お》ちるしかないように、時の中をさまよいつづける放浪者になってしまう。

それを防ぐには――

（基準点をつくるしかない。それが、野上の時間か）

『入梅』とかいうマイナーな暦上のイベントを盛りあげていた理由がそれか。

デンライナーに『いつ』はない。時間も季節もへったくれもない。

だけど、良太郎が所属している時間に、バーチャルな『いま』を設定しているのだろう。『いま』は――おそらく二〇〇八年六月十日か十一日あたりだ。

野上良太郎。

目立たないやつだが、やはり食えない。イマジンたちを四体も五体もたばね、そこそこ老舗《しにせ》に属するデンライナーという時の列車の基準点にもなっている。

「実際に梅雨入りしてるかどうかは関係ありません。暦の上でのことですから」

オーナーが良太郎の疑問をかるくいなし、定位置に席を占めたのを見はからって、侑斗はうながした。

「手紙がとどいたということだが」

「そうでした。それで桜井くんをお呼びたてしたのでした」

オーナーは真顔になった。

真剣な顔をすればするほど、人をおちょくってるように見えるのが玉に瑕《きず》だ。

「桜井くん。君の列車は遭難してますか？　もしくは、これから遭難する予定ですか？」

「はあ？」

「手順で聞いてるのです。緊急鉄道電報を受けとってしまいましたので」

オーナーは紙をひろげた。

テンオウ　シスカ　シタケ　セラ

カタカナが印字されている。

「これです」

「電報……って」

「鉄道電報には、なじみがありませんか。そういえば、デンライナーも、ゼロライナーも、あんまり遭難していませんね。時の列車には、緊急時にこうした電報でメッセージを送るシステムがそなわっています」

侑斗は何度か読みかえしたが、

「さっぱりわからないな。『テンオウ』ってなんだ」

「たぶん『電王《でんおう》』でしょう」

「電王？　『テンオウ』にしか読めないが」

「濁点は鉄道電報では送れないんですよ。文字数を減らさないといけませんので。濁音を入力しても、システムが自動的に落とします」

「電王、シスカ……」

「電王死すか、だって?!」

毘沙門天にひしがれていた赤い邪鬼が、にわかに調子づいて騒ぎはじめた。「ただごとじゃねえじゃねえか」

「この『シスカ』も濁点が落ちてるとしたら、シスカからジズガまで、可能性があるわけだな」

「良太郎くん、順列組み合わせのパターンはいくつになりますか？」

「えっと……」

「八パターンだ。二の三乗で」侑斗はイライラと言った。こう見えても理系なのである。

「濁点のことはわかった。長音はどうなんだ？」

「長音？」

「つぎの『シタケ』が、『シータケ』っていう可能性はないだろうな」

（シイタケ?!）

頭の中で耳をそばだてていたらしいデネブが、にわかに反応した。

（シイタケだって?!）

「濁点とちがって、長音は自動的に落とされたりしません。もちろん、送信者が意図的に省略する可能性はありますがね。でも、この『シタケ』は電略でしょう」

「電略？」

「電報略号。一般の電報でも使うでしょう、ニトへは『荷送人を取り調べ、または荷送人に照会の上回答する』の略。チョリザは『貯糧品在庫量』。ハサリは『大漁を祝し、新年のお慶《よろこ》びを申しあげます。御健康と御安航を祈ります』――というように」

「知らないぞ。それにどうして大漁が出てくるんだ」

「船舶電報の例ですからですよ。私たちのつかっている電略では、『シタケ』は『至急助けられたし』です。そして『セラ』は、地上の鉄道だったら関ケ原《せきがはら》駅のことですが、時の列車の場合は、『ゼロライナー』の略。桜井くんの列車です」

「それでゼロライナーが遭難とか言ってたのか。『シスカ』は電略じゃないんだな？」

「そういう電略はありませんね」

「じゃあ、パターンとしては……」

侑斗は紙に列挙した。

電王　シスカ　至急助けられたし　ゼロライナー

シスガ

シズカ

シズガ

ジスカ

ジスガ

ジズカ

ジズガ

書いたはいいが、

「意味がとおりそうなのは、『シスカ』と『シズカ』だけか。でも、わからんな……」

「君にもわかりませんか。ゼロライナーから発信されたようですので、ご本人に聞くのがてっとり早いと思って、お呼びたてしたんですがね」

「発信されたのはいつだ」

「十二世紀後半あたりでしょう」

「えっ」

思いがけず、ずいぶん昔の話だ。

「そんな時代、行ったことないが……『あたり』って。特定できないのか？」

「緊急鉄道電報というのはですね、地球のシューマン共振を搬送波として時空間単側波帯伝送を実現する、極々々々々々々々超々々々々々々々々長波通信なんです。一文字受信するのに、ざっと十年かかります」

「一文字で十年？」

「この電報を全文受けとるのに、百五十年くらいかかってます」

「百五十年⁉」

「濁点一個増えるだけで、受信が十年長びいてしまいますからねえ。省略するのも当然でしょう。送信日時の推定にも、前後十年やそこら、誤差が出るというわけです」

「どこが緊急なんだ……」

侑斗はあきれた。「俺たちは遭難してないし、これから遭難する予定もない。十二世紀後半とやらにも用はない」

「お呼びたて恐縮でした」

侑斗が立ちさろうとしたとき、良太郎が、

「待って」

と声をかけた。

「これって……誰かが、助けをもとめてるよね」

侑斗は足を止めた。

彼が言ったのは正論だ。こいつが正論を言いだしたら、気をつけないといけないのは身に染みている。

良太郎はオーナーに聞いた。

「ゼロライナーから送られたのはたしかなんですか？」

「いえ。署名がゼロライナーというだけです。鉄道電報は、時の列車なら、どれからでも送れますし、なんなら時の駅からでも送れます」

「ゼロライナーが遭難してないなら、こういう可能性はない？　『セラ』はゼロライナーの略じゃなくてセラって人。十二世紀のセラって人が、シズカって人を助けてほしくて、時の駅からSOSを送った。『電王、シズカを至急助けられたし　セラより』って……」

一瞬、食堂車に沈黙があった。

沈黙をやぶったのは、毘沙門天像——ハナだった。

「それなら意味は通るわね」

「緊急SOSってやつだな。よしっ、助けに行ってやるぜ！」

足もとの赤いのが、にわかに跳ねおきようとしたが、ハナにぐしゃっと踏みつけられた。

「あんたは暴れたいだけでしょ！」

「ああっ、俺が緊急SOS……」

さわがしい連中を無視して、侑斗はオーナーに、

「野上が言ったような可能性はあるのか？」

「かぎりなくゼロでしょうね」

オーナーは、にべもなく否定した。

「十二世紀の人に、鉄道電報が操作できないとは言いません。音声入力も受けつけますし、紙に書いてカメラに向けてもOKです。でも昔は、電王を『でんおう』とは言わないし、書きません。そもそも日本語に『んお』という音韻があらわれるのは、助詞『を』の発音が、ウォからオに変化した江戸時代以降です。『チャーハンをください』——の『ン

「はーい」

と、ナオミがすかさず反応した。

ハナに、イマジンどもをコテンパンにしてもらって、気分を直したらしく、いそいそとキッチンカウンターに向かう足どりはかろやかだった。そういえば『反応』も『はんおう』ではなく、『はんのう』と読む。

「シズカという名前の可能性も低いでしょう」

「でも」

「無理やり解読しても仕方ありません。それをいったら、『シタケ』も電略じゃなくて、『シータケ』と読めることにもなってしまいますよね」

話の流れがＮＧワードをふくみはじめたところで、侑斗は退散することにした。

「ナオミくん、今日は旗を二本でお願いします。近々またチャーハン対決がありそうですから」

「はーい」

オーナーも、すっかりチャーハンに興味が移ってしまったようだった。

食堂車をあとにする侑斗の背中に、ハナの声が聞こえてきた。

「でも、良太郎の言うとおり、だれかが助けをもとめてたらどうするの？」

2

ゼロライナー沈没す！

デネブが音をあげはじめた。

「おんなじところをぐるぐる回ってない？　あの丘は、昨日も見た。いや。ついさっきも見た気がする」

「当たり前だろ。同じところを回ってるんだから」

十二世紀付近の線路をめぐりはじめてから、二日めだった。

「いいから見てろ。このへんの時間のどこかで、だれかが時の駅から電報を送る。そいつを見つけるんだ」

「どこかって、どこだ？」

「どこかって言ったら、どこかだ」

時の砂漠に無限につづく線路を、ゼロライナーは疾走する。

窓外をびゅんびゅん過ぎていく風景の中に、時おり映るのが時の駅だ。

といっても、リアル世界の駅みたいに施設になっているのは人気スポットの時代だけで、ほとんどは砂漠にぽつんとドアが立っているだけである。

駅というよりバス停に近い。

だれでも《ゾロ目の時間》にドアを開ければ、そこが時の駅。そういうしくみになっている。もちろんチケットがなければ時の列車には乗れないが……。

侑斗は監視の目をゆるめない。デネブもぷうっとふくれつつ、反対側の車窓にもどった。

彼は、カラス型のイマジンである。

輪郭としては、黒いマントをまとった大男のテイだ。イマジンというのは形のない精神体であり、契約した人間のイメージに即して、実体としての肉体を獲得している。

契約者の心を反映したメタファ的な存在なのだが、デネブが何のメタファなのか、いまの侑斗にはわからない。デネブと契約した当人が未来の自分なのだとしても。

ビジュアルが大男であるわりに、言うことはミニマムだった。

「せっかく、スープがいい感じで煮えてきたところなのに……」

「シイタケ入れてないだろうな？」

「えっ？」

一応のお約束で牽制《けんせい》したところ、デネブは決まりが悪そうな顔になった。

「入れてんのかよ！」

「『シータケ』をさがす旅っていうから、いっぱいしこんできた」

「さがすんならしこむなよ！」

侑斗がさらにツッコもうとした矢先、急ブレーキがふたりの体を床に投げだした。

大音量でアラートがひびきわたる。

「な、なになに？」

「自動ブレーキがかかった！　前方に障害物！」

つづいて、アンチロックブレーキがかかり、車体が、ガクンガクンと前後に揺さぶられはじめた。

耳をつんざく警告音に、さらに別のアラートがかさなった。

「レーダーに感！　もうひとつ障害物が来る！」

「障害物が——来るってなんだ？」

「上空から何かが接近中！」

「迎撃しよう。ナギナタを展開する！」

「やめとけ！」

侑斗はデネブを止めた。

「そいつが俺たちが探してるものかもしれない」

「でも」

「オートパイロットが回避運動する。揺れるぞ！　しがみつけ！」

侑斗は床を這《は》いずって、窓にたどり着いた。

まばゆい光が窓を覆いつくしている。

「衝突する！」

侑斗はさけんだ。

窓枠にすがりながら、デネブはと見ると、キッチンの鍋を捧《ささ》げもっていた。

「デネブ！　そんなのほっとけ！」

「スープがこぼれちゃう……！　緊急事態だ！」

「ばかっ！」

衝撃が来た。

車体が上下左右に揺れ、侑斗の体は宙に舞った。

「デネブ！」

絶叫したのを最後に、はげしく天井に叩《たた》きつけられて、侑斗は失神した。

×　×　×

「……死んでんじゃない？」

「生きてるわよ」

「だって息してない」

「ほら、胸がうごいてる」

「そうかしら？」

人のことだと思って、無責任なウワサしてやがる……苦々しく思いながら、侑斗は目を開けた。

そのまま目が丸くなった。

女、女、女、女……

女の群れが、ひしめくように自分をのぞきこんでいる。

「わ、生きてた!!」

いっせいにバッと飛びすさった女たちの顔が、薄くらがりの中で妙に白い。

なんだ、この白塗りの女たちは。

どこだ、ここは?

あたりを見まわすが見おぼえがない。

掘ったて小屋のような場所だ。

寝かされていたのは板の間で、なぜかじくじく濡《ぬ》れている。まだ本調子ではないのか、
小屋全体が、ゆらゆら揺れている気がする。

「やだ、見て見て。この子、美形よ!」

「きゃー、ほんとだ」

「クロウさまに似てない?」

「言いすぎよー」

「クロウさま度、四割って感じかしら」

いったん飛びすさった女たちが、にじり寄ってきた。侑斗は助けをもとめてわめいた。

「デネブ、デネブ！　どこだ！」

「あら、まだダメよ！」

起きあがろうとした侑斗の肩に、女のひとりが手をかけた。押したおされる——恐怖を感じ、必死に女を振りはらった。

ふらふらと小屋の外に出た。

思いもかけない景色がそこにあった。

海だ。

筏《いかだ》の上だったのである。

侑斗が寝かされていた小屋は、筏の甲板上に組まれたものだったのだ。

進行方向には、カヌーのような船がいた。カヌーといっても大きく、屋敷《やしき》サイズの小屋が載っている。帆をおろし、舷側にびっしりならんだ漕《こ》ぎ手が、人力エンジンと化して、櫂《かい》をあやつっている。号令の声が耳にとどいてきた。

あの巨大カヌーが、筏を曳航《えいこう》しているらしい。

どういう状況だ？

いましがたまで、ゼロライナーに乗っていた自分が、なぜこんなところにいる？

頭が混乱から抜けだせなかった。

「危ない！」

銃撃音がひびき、振りむいた侑斗の目の前で、飛んできた矢がこなごなに砕けちった。

……矢？

「大丈夫か、侑斗！」

銃撃の主が駆けよってきた。

デネブだった。

相方に再会し、侑斗は口もとをほころばせかけたが、いつも温厚でひょうきんなデネブのカラス顔が、けわしく引きしまっているのを見た。

ぼんやりしていた頭を、さっと戦闘モードにスイッチする。

「攻撃を受けてる――？　どっちからだ」

「来てくれ。説明は後でいいか？」

「もちろんだ」

デネブは侑斗を先導し、小屋を回りこんで、筏の後方へといざなった。

「………」

侑斗は絶句した。

想像を絶する光景がひろがっていた。

何十艘《そう》もの小型船が、海にひしめいている。

舟という舟に、サムライがみっしり満載されていて、矢を射かけてくる。

筏側では、武士たち十人ばかりが盾で防御しながら、応戦している。

そこまでなら、想像を絶するとまでは言えない。

問題は、敵船団のさまだった。

あるものは船体がまっぷたつに折れ、あるものは真っ黒に焼け焦げ、もはや原形すらとどめず、板っきれ一枚の状態の舟まであった。一艘たりとも、まともに航行できそうな舟がない。

「何だあれ。幽霊船の団体さんか？」

「乗ってる連中もヘンなんだ」

「だな」

それは一目でわかっていた。

敵味方とも、矢の射程距離内に入りつつある。

先頭の敵船の船首に立っている兵に、つぎつぎ矢が命中し、剣山みたいになってきた。それでも敵兵はたおれない。どころか、こちらに矢をはなつ手を休めない。またひとり、味方の兵が射ぬかれた。

敵船団の漕ぎ手は、号令もなしに調子を合わせ、速いペースで距離をちぢめつつあった。

「あいつら、ゾンビか何かか……？」

侑斗がうなっていると、雷のような声がひびいた。

「おお、客人、気がつかれたか」

振りかえると、山が立っていた。

と、見間違えたほどの巨漢だ。

山伏の姿をしているが、ゆったりした服装の上からでも、全身のひきしまった筋肉が見てとれる。お相撲さんというより、プロレスラー型の体型だ。

「あんたは……」

「これは失礼。俺は武蔵坊弁慶《むさしぼうべんけい》と申す法師だ」

「ベンケーシーに助けてもらったんだよ。俺たちが漂流してるときに」

「弁慶だって？」

侑斗は頭がクラクラした。

弁慶って、あの弁慶か？　弁慶が洋上で幽霊船団と戦ったなんて歴史があったか？

いろんなことが起こりすぎて、整理がつかない。

「……とりあえず、この状況を脱するのが先決か。あの敵は何だ」

「平家《へいけ》一門の怨霊だ」

「へいけっ⁈」

「壇《だん》ノ浦《うら》に沈めたはずのヤツらだ」

そういえば、敵船のいくつかには、千切れた赤い旗の残骸がひるがえっている。

源平合戦のとき、源氏《げんじ》は白い旗を、平家は赤い旗を揚げた。それが『紅白』の起源――

という雑学を聞いたおぼえはあった。

「ってことはあれか。いま俺たちは、平家のユーレイに攻撃されてるのか?!」

「化けて出るとは未練な」

弁慶は吐きすてると、山伏っぽく印をむすんで、大音声の朗誦《ろうしょう》をはじめた。

「如是我聞《にょぜがもん》、一時《いちじ》、仏住《ぶつじゅう》、王舎城《おうしゃじょう》、耆闍崛山中《ぎしゃくせんちゅう》……」

お経を読みはじめたらしい。

「やめとけやめとけ。そんな抹香くさいの」

妙に軽い声が聞こえた。

振りむくと、カヌーから牽引ロープをつたって、男がこちらへと渡ってきた。おどろくべき身のこなしだ。

呼応するように、小屋の中から女たちがわらわら湧きだしてきて、嬌声《きょうせい》をあげた。

「きゃー！　クロウさまよ。クロウさまのお出ましよ!!」

「クロウさま!!」

アイドルのライブ会場のような、おおさわぎのサラウンドが耳をつんざく。弁慶の読経なんかもう聞こえない。

〝クロウ〟は、ひょい、と筏に乗りうつり、「はいはい、みんなありがと。危ないから隠れててねー」と女たちをいなして、侑斗たちのもとへ歩いてきた。

おもわず侑斗は息をのむ。

美形だ。

この状況下で、場ちがいなほどの美形。

弁慶に〝クロウ〟とくれば……。

「ま、まさかあんた、源《みなもとの》義経《よしつね》か。九郎判官《くろうほうがん》義経」

「あれ、君、知り合いだったっけ？ どっかで会った？」

パーティ会場の会話のように軽い。満面の笑みをうかべているが、この切迫した状況で、なぜにこにこできるのかわからない。

「会ったことはないが……」

「じゃ、はじめましてだねー。はじめまして！ 僕、義経。君はだれ？」

義経は侑斗の手をにぎり、ぶんぶん振った。

手もろとも、脳みそまで揺さぶられてるような気がした。自分がいま会っているのは、源平の合戦を制した伝説的な武将なのか。それとも、歌舞伎町《かぶきちょう》のナンバーワンホストとかなのか。イケメンであることをのぞけば、義経のイメージからとおすぎる。

「……桜井侑斗だ。状況わかってるか？　平家の幽霊船に攻撃されてんだぞ」

「みたいだねー」

軽くあしらう。まるで日常会話の延長のように。

「あんた、ユーレイと戦いなれてるとか？」

「まさかあ。弁慶みたいな坊主といっしょにすんなよ。でも、平家だもん。生きてるときから、生き霊みたいなやつらだったし、怨霊になってもおかしくないっしょ」

「義経、怨霊は俺が法力で調伏する」

弁慶が印を結びなおし、読経を再開するのを、義経は制して、

「ムダムダ。平家なんかにお経あげるのもったいないじゃん。弁慶は法力より、剛力で頼むよ」

「怨霊に剛力が通じるか？」

「生きてるのをたおせたんだよ。死んでんなら楽勝楽勝。はーい、みんなあつまってー」

武士たちをあつめ、ごにょごにょ打ちあわせをはじめた。と思いきや、ものの三十秒で終わった。タイムアウトでコーチが選手にカツを入れましたくらいの感覚だ。

もどってきた義経に、侑斗はおもわずツッコんだ。

「楽勝っていったが、矢を受けてもたおれない敵をどうする」

「君さ、海戦ってやつ知らないっしょ」

義経はイタズラっぽく微笑《ほほえ》んだ。「海の戦いって、殺す殺さないじゃないんだよねー」

「え？」

「見てりゃわかるって」

義経が右手をかかげた。

それが合図だったらしい。

武士たちが、盾を寄せて密集陣形をとった。うしろに弁慶が立つ。手に持っているのは
――

「錨《いかり》?!」

弁慶は、投げ縄の要領で錨綱を頭上でまわし、ひょいと投げた。

飛んでいった錨は、最接近していた敵船に命中した。舳先《へさき》が粉砕され、敵兵たちが海に投げだされる。

佑斗は固唾《かたず》をのんで見まもった。

敵兵は海にしずんだまま、浮かんでこなかった。そうするうち、弁慶は錨綱を引きよせ、つぎの敵船をねらっていた。

「ほらねー」

義経がカラカラとわらった。

「海戦ってさ、沈んだら負け、浮かんでるほうが勝ちって戦いなわけ。なのに、おつむの

固いサムライ連中ときたら、カッコつけて、ご立派ないでたちで舟に乗るっしょ。海に落ちたら、二度と浮かびあがれないっての。あいつらも学習してないよねー。バカは死んでも治らない」

「………」

侑斗は、輝くように笑っている義経の横顔を見つめた。

ただの軽いイケメンじゃないのだ。

幽霊船が攻めてくるという、異常な状況に、たじろぎもせず、敵の船体のもろさに目をつけていた。その弱点をつくため、弁慶の投げ縄技の射程距離内まで敵船団を引きつけたのだ。

錨のついたぶっとい綱を、自在に振りまわす弁慶の膂力《りょりょく》も並みじゃないが、義経の臨機応変ぶりもハンパない。侑斗は舌をまいた。

弁慶は、着実に敵船をひとつひとつ屠《ほふ》っていった。

が、さすがにひとりでは限度がある。何艘かが、弁慶の攻撃をのがれ、こちらの舷側に回りこみ、熊手を引っかけて舟を寄せてきた。白兵戦をいどもうというのだ。

数人の敵兵が、筏に移乗してくる。

「おえっ」

侑斗は胸のむかつきをおぼえた。

間ぢかで見ると、まさに死人だった。

なかば溶け、なかば腐り、全身にウジを這いまわらせている。それだけならまだしも、体のふしぶしから何やら触手のようなビラビラを生やしていた。

生理的な嫌悪感を越えて、悲しくなってきたほどだ。義経が愚弄した重装備からしても、もとは、それぞれ名のある武士だったろうに、何がどうして、こんなバケモノに変貌してしまったのか。

サムライたちが迎撃する。

が、つぎつぎ敵刃に斬りたおされていく。

こちらのほうが数は多いのだけど、なにしろ相手は死人だ。斬っても突いても、たおれない。腹をつらぬかれても、首を切りさかれても、意にも介さず突っこんでくる。

ひとりまたひとりと血まつりにあがり、味方勢の死体が甲板上に折りかさなりはじめた。

義経が動いた。

やっと味方の加勢に行くのかと思ったら、踊りはじめた。

「あ、あんた……」

侑斗が目を白黒させるのにもかまわず、義経は激戦の中に踊りこんだ。比喩ではなく、本当に踊りながら戦いの場に分けいっていった。

帯刀を鞘《さや》から抜きもしなかった。

踊りで敵を翻弄したかと思うと、さっと身をかがめ、相手の足をはらった。

敵がバランスをくずした勢いを借りて、

「はい、ご苦労さん！」

一気に敵の体を蹴った。

敵の姿が甲板から消えた。

「みんなもこんな感じでよろしく。どんどん捨てちゃおう！」

なるほど。あの踊りのような動きは、敵をはじっこへ誘いこむ目くらましか。

心得た味方勢も、いっせいに踊りくるいはじめた。

甲板上が、インド映画のダンスシーンみたいな狂騒につつまれる。ほかの敵兵も、踊る武士たちに翻弄され、つぎからつぎへ海へと落ちていった。敵が数を減らしていく。

おもしろい。侑斗はすこし楽しくなってきた。

だが。

そんな時間も長くはつづかなかった。

ひとり、いつの間にか移乗してきた敵がいた。

これまでの兵とは雰囲気がちがう。

カタツムリのような鈍重な歩みで、一歩一歩、進んでくる。目の前で踊りくるわれても気にとめない。そのかわり、自分のリーチに入った相手はすべて槍《やり》のえじきとした。

ブルドーザーが進んでくるようなものだ。打ちかかった人間は、歯が立たず、焦るうちに自滅していく。

彼の背後に、死体の山が築かれはじめた。

その敵には、目立つところが二つあった。

ヨロイを二重に着ている。ヨロイの上にヨロイを無理やり重ね着していた。もうひとつは、腰から下にぐるぐる巻きにロープが巻かれていることだ。その先には錨がついている。錨綱を、ずず、ずずと引きずりながら、進んでいる。それで動きが鈍重だったのである。

「……知盛《とももり》」

義経は歯ぎしりするようにうめいた。声から軽さが消えていた。この軽いイケメンも、真剣にならざるをえない強敵らしい。

ようやく帯刀を抜きはなった。

「誰？」

と聞くデネブに侑斗は解説した。

「平《たいらの》知盛……たしか、平家方のラストサムライだ。平家滅亡を見とどけ、錨を体にくくりつけて入水《じゅすい》したって伝説がある。自分の遺体が浮かんで、敵の笑いものになるのはイヤだと言ってな」

そこまでして誇りをまもった平知盛が、いま、往時をしのぶ影もない醜い姿をさらしている。侑斗はいたたまれなくなった。

「すごい人なんだね。ところで、さっきからヘッケイヘッケイって。なんのことだ？」

「それこそ説明はあとだ！」

義経がうごきはじめた。

刀を大上段にかまえ、知盛に斬りかかる。カウンターで、知盛の槍が、義経の胴体へと伸びた。

それを義経はかわし——たかと思うと、知盛の横を駆けぬけ、刀を捨てた。

「捨てた⁈」

あっけにとられる間もなく、義経は甲板上をころがって、知盛の体から伸びている錨に組みついた。

そこで侑斗は、ようやく義経のねらいがわかった。

錨を筏から落とせば、知盛本体も巻きぞえを食って一巻の終わり。義経の勝ちだ。

だが。

錨は持ちあがらない。重すぎた。

義経が渾身《こんしん》の力をこめても、何センチか上がるのがやっとだ。そうするうちに、知盛は振りかえり、じりじりと義経に迫った。

「弁慶、助けろ！」

義経は悲鳴をあげた。

敵船の破壊作業にてんやわんやの弁慶が、ハッと振りかえった。その体にはすでに何本も矢が突きたっている。

弁慶は、ふたたび頭上でぶんぶんと錨ロープを振りまわしはじめた。やっ、と気合いとともに投げた。

今度は敵船に対してではなく、知盛めがけて。

かぎりない敵船を粉砕してきた弁慶の錨が、知盛を直撃した。

と見えたが、それを、知盛は片手で受けとめていた。

腐りかけた手の中で、骨が粉々にくだける音がしたが、気にもかけない。そのまま、錨を甲板へと投げおとす。バキッと丸太が折れ、筏が揺れた。

意外だったのは、つぎの知盛の行動だった。

唯一の武器である槍を手ばなし、自分を束縛している錨ロープを引っぱりはじめたのである。錨は義経の手をはなれ、たちまち知盛の手におさまった。知盛はその錨を、甲板へとぶつけはじめた。

二度、三度。

丸太が割れ、筏は大揺れに揺れた。小屋から、女たちの悲鳴が聞こえる。

「ヤバい。ヤバいぞ、侑斗！」

「………」

侑斗の背すじにも汗が流れた。

知盛は、筏を破壊しようとしている。

弁慶の攻撃をうけて、錨が、武器になりうると気づいたのだ。さっきの義経の言葉とはうらはらに、死人といえども学習している。それどころか、敵を沈めるのが海戦だという義経の主張を、まさに地で行こうとしている。

このままだと、女たちもろともに海に投げだされるのは時間の問題だ。

義経と弁慶が斬りかかるが、知盛は錨を振りまわして撃退しては、破壊をつづける。

「加勢しよう！」

「ダメだ！」

侑斗はデネブを止めた。

「過去に介入しないのが俺たちの鉄則だ。あいつら歴史上の有名人だぞ。うかつに手出ししたら、時の運行ってやつを変えちまう」

「俺だって歴史はくわしいぞ。ベンケーシーとヨギツネたちはサムライで、敵はゾンビだ。でも、サムライがゾンビと戦う映画は、お昼のテレビのロードショーでも観《み》たことない」

「…………」

「侑斗がこの時代に来たのは、何かおかしなことがあって、だれかが助けをもとめてると思ったからだろ。いま、目の前でおかしなことが起きてて、助けが必要だ。こういうのを何とかするために、俺たちがここにいるんだ。侑斗だって、心の中ではそう思ってる！」

「…………」

図星だ。

というか、そんな理屈より、義経と弁慶を死なせたくない。あのおもしろい連中をもう少し見ていたい。

そっちの動機のほうがおおきかったかもしれない。

「やるか、デネブ」

「おう！」

侑斗がかまえると、大剣が出現して、手にすっぽりおさまった。

ゼロガッシャー。

こいつが出せるのは、ゼロライナーがこの時間のどこかで健在な証拠だ。侑斗はホッとした。説明はあとでいい――とは強がってみたものの、ゼロライナーをうしなって、時の迷子になってしまったのではないかという心配はつねにつきまとっていた。

知盛の錨攻撃に、追いつめられた義経と弁慶が、筏から追いおとされそうになっていた。

デネブが銃撃し、牽制する。

知盛が振りむいた。じゅくじゅくとウジのわいた白い目が光る。

その前に侑斗は立ちはだかった。

「平知盛！　最初に言っておく。俺はかなり強い！」

知盛が、挑発に応じ、錨を振りかぶってぶつけてくる。

侑斗は剣を一閃《いっせん》した。

鉄製の錨が両断され、筏の甲板をころがった。

ゼロメタルで構成されているゼロガッシャーにとって、この時代の粗悪な鉄など、豆腐を切るよりもたやすい。

武器をうしなった知盛が咆哮《ほうこう》した。腐りかけたノドから、ゴボゴボとイヤな音を立てる。

槍を拾いあげて、向きなおった。

だが、侑斗はもうその前から移動していた。

知盛はきょろきょろ見まわし、侑斗の姿のほうに突進した。

先ほどまでとは打って変わって俊敏な動きだ。自分を束縛していた、錨という重しから解きはなたれたからだろう。

つぎの瞬間、その知盛の姿が忽然《こつぜん》と消えた。

自分で甲板に空けた穴から海へと落ちたのである。まんまと侑斗の誘導にのせられて。

筏はすすんでいく。

振りかえると、しばらく浪間《なみま》に見えかくれしていた知盛の痕跡は、とおざかっていき、やがて海に没した。

義経が駆けよってきて、熱狂的に握手をもとめた。

「君、ホントにかなり強いね！　痛快だったよ。やつ自身がこしらえた穴に落とすなんて」

「あんたが言ったとおりに実践してみたまでだ」

侑斗はむっつりと言った。

何艘かのこっていた敵船団も、大将をうしなったせいか勢いがおとろえ、しだいに脱落していった。

しかし、こちらも被害甚大だ。

さんざん破壊された筏は、浸水して、海面ぎりぎりまで沈下しつつあった。もう長くはもたない。

「女たちを避難させないとね」

義経の指示で曳舟《ひきふね》は漕走《そうそう》をやめ、筏に横づけした。生きのこった武士たちが、女たちや負傷者を、本船《もとぶね》にうつしていく。

「デネブ、俺たちも手つだおう」

声をかけても、デネブは応えなかった。拗《す》ねたようにそっぽを向いている。

「どうした？」

「なんでもないよ」

「何スネてんだ。さっきの戦いで出番がなかったからか」

「そう言うなら言わせてもらう。侑斗、さっきの戦いは、侑斗らしくなかった」

「俺らしくない？」

「ゾンビだけど、ラストサムライなんだろ？　すごいヤツだったんだろ？　そんな敵と、正々堂々勝負しないで、落とし穴に落とすなんて」

「……勝ちは勝ちだ」

「ズルい手をつかって勝つなんて、そんなの侑斗じゃない」

「勝手に決めるな。俺らしいとか、らしくないとか」

カチンと来た。

しかし、それ以上に、デネブの言葉はずしりと胸にひびいた。先ほどから自分自身が、もやもやしていた胸のうちを、デネブが代弁してくれた気がした。

そのとき。

またしても筏が揺さぶられた。知盛の攻撃の比じゃない。凪《な》いでいた海が、いきなり大シケに変わった。海ぜんたいが沸きたつようにあれくるう。

何メートルもの高さから大波が押しよせ、何人かが海にさらわれた。

怒濤《どとう》のむこうに、巨大な竜のようなシルエットが、空へ駆けのぼるのが見えた。

「竜?!」

「いや、あれは……イメージの暴走だ！」

「イマジンってこと?!」

イマジンというのは、ほんらいは精神だけで存在していて肉体をもたないが、契約者のイメージを借りて実体化している。

デネブがそうであるように、大多数は、等身大のヒト型になる。イマジンとリンクした契約者がそういうイメージをもっているからで、動物から天体まで、ありとあらゆるものを擬人化したがる人間の意識の反映だ。

しかし人間の潜在意識には、もっと多様なイメージがうずまいている。そのイメージは、イマジンの実体の深層にも刻印されており、何かの拍子にそれが解放されると、イマジンは巨大な怪物体に変貌する。

竜――ギガンデス・ハデスは、何百メートルもあろう長い体を、上空でうねらせると、急降下して、筏の目の前で海面へと突っこんだ。

壁のようにそそり立った波濤《はとう》に、筏や本船は木の葉のように翻弄された。また何人か投げだされる。

「デネブ、ゼロライナーは？」

「ダメだ、使えない！」

「わかった」

それ以上は聞かなかった。ダメなものはダメだ。仕方ない。

侑斗は特殊なカードをベルトに差した。

「変身」

体に線路がはしり、フリーエネルギーが結集していく。

赤サビにいろどられたアーマーが侑斗の体をつつんでいく。同時にデネブは実体のイメージを変え、ガトリング銃の形となって侑斗――ゼロノスの手におさまった。

コードネーム：ゼロノス・ゼロフォーム。

侑斗は、デネブ――デネビックバスターを携え、海に相対した。

義経たちが口をあんぐり開けて、こちらを見ているのが目のはしに見える。

銃を海面に向け、侑斗はねがった。ギガンデスが筏の下から垂直に突きあげてきたら、一巻の終わりだ。頼む。もう一度顔をのぞかせてくれ……。

ねがいは通じた。

金属のウロコをまとったバケモノが、大きく鎌首をもたげ、ウミヘビのように蛇行して水上を突進してきた。ゼロノスの姿となった侑斗を視認したらしい。まっすぐ侑斗に向かってくる。

デネビックバスターをフルチャージした。

大蛇は、筏の手前でジャンプした。

巨体が空をおおう。体あたりで、こちらを海に沈めるつもりか。

「みんな、目をふさげ！」

（そして祈ってくれ！）

あとの言葉は口に出さず、侑斗はトリガーをしぼった。

目もくらむ光芒《こうぼう》が放たれた。

世界が、白一色につつまれる。バスターノヴァ。侑斗とデネブのパワーを連結した、高エネルギー弾だ。

光芒の中で、ギガンデスの頭が、ぐにゃりと陽炎《かげろう》のようにゆらめき、蒸発していった。

首をうしなった胴体が落下してくる。

筏は砕けちり、侑斗たちは、海に投げだされた。

3 ニセ義経いっぱい！

陸地が見えてきたあたりから、船乗りたちが「住吉《すみよし》だ！」「住吉明神《みょうじん》のご加護だ！」と騒ぎはじめた。

満身創痍《そうい》の船が入港したのは、現代でいう大阪府《おおさかふ》の真ん中あたりらしい。

もやわれるのも待ちきれず、港に近づいたタイミングで、侑斗とデネブは、桟橋に乗りうつり、浜にへたり込んだ。漁師小屋や塩をつくる施設がならんでいる。のどかな光景だ。

「船って馴《な》れないね。やっぱり電車が一番だ」

久しぶりの陸地を愛《め》でるようになでながら、デネブがぼやいた。

「電車といえば……ゼロライナーに何があった？」

「何かに衝突して、この時間に放りだされた。そしたら海の上だった。運転きかなくなるし、沈んでくし。気をうしなった侑斗を運びだして泳いでたら、たまたまとおりかかったベンケーシーたちが助けてくれた。命の恩人だよ」

「なるほどな」おおむね想像していたとおりだ。「だが、たまたまか……？」

「え？」

「謎の障害物に衝突したら、謎のゾンビ軍団に攻撃され、謎のイマジンに襲われた。謎がそんなに連発するわけがない。この三つは、ぜったいつながってる」

「ゾンビとイマジンは関係あるに決まってるよ」

「この時間で、何かが起こってる。きっと義経たちを中心にな。俺たちが難破しちまったのは、その余波なんだ」

「何が起こってるんだろ……」

「起こった、だな」侑斗は過去形に訂正した。「イマジンは倒した。何があったにせよ、もう終わったことだ。助けを呼ぶ方策をかんがえないとな……」

――緊急鉄道電報。

デンライナーのオーナーの言葉がまざまざと浮かんだ。――『鉄道電報は、時の列車なら、どれからでも送れますし、なんなら時の駅からでも送れます』

侑斗は腕時計を見た。

止まっている。

二度も水没したのだ。無理もない。しかし、時の駅にたどり着くためには、正確な時間がわからないと……。

思案しはじめた侑斗を、騒ぎがジャマをした。

義経の一行がなにやらもめている。土地の人もあつまってきた。

「なんだ？」

ようすを見に行ったデネブもなかなかもどってこない。やがて、女と武士たちが去っていった。女たちの泣きわめく声が、切れ切れに聞こえてくる。

義経はというと、ひとりでべつの方向に走っていってしまった。

栈橋に残っているのは、弁慶とデネブだけだった。気になった侑斗が近よると、

「ごらんのとおりだ。面目もない」

弁慶はしょぼくれていた。

「ごらんのとおりもなにも、さっぱりわからなかったが、どうした？」

「九州《きゅうしゅう》にわたって時節を待つつもりだったんだが、かくなる上は平泉《ひらいずみ》で態勢を立てなおすしかない。陸路の強行軍に女たちはつれていけないのに、義経が首を縦に振ってくれないんだよ。郎従《ろうじゅう》たちは愛想つかすし、女たちは女たちで、平泉なんて行きたくないってぶんむくれるし。結局、解散することになった」

「はあ」

事情を聞いても理解が追いつかない。「あの女たちは何者なんだ」

「義経のショウだよ」

「ショウ……」

『妾《しょう》』という漢字が浮かぶまで、しばらく時間がかかった。「愛人ってことか。あれが？ぜんぶ？　何人いるんだ」

「十一人」

「十一人⁉」

「義経がつれてこようとしたのは二十四人だった。半分以下までしぼりこむのも苦労したぞ……」

遠い目をした弁慶のため息がふかい。

侑斗は、船酔いがぶりかえすように感じた。「部下に見はなされても無理はないが……主従は三世って言うんじゃないのか。そんなことで縁が切れるか？　義経って、常勝将軍だろ。もっと人気者かと思ってた」

「人気者、か」弁慶の顔が苦々しくなった。「勝ちすぎたのがいけなかったかもしれない」

「勝ったらいけない？」

「どう言ったらいいかな……。たとえば、壇ノ浦の合戦——俺たちの勝ち目はうすかった。平家は海戦に馴れっこ。源氏はズブの素人《しろうと》。向こうは正規の軍船、こっちは間にあわせの寄せあつめ。そんな状況で、どうやって勝ったと思う？」

「…………」

「義経が命じたんだ、水夫《かこ》を討てと」

「あぁ……」

水夫とは、漕《こ》ぎ手である。

みずから操船にたけている武士はすくない。海戦のつど、船乗りをかきあつめて漕いでもらう。つまり、非戦闘員なのである。

「水夫をさんざん射落とし、敵を立ち往生させた。名のりもあげず、身に寸鉄も帯びない相手をころしてな……」

「武士道にもとるってわけか」

「戦後処理でも、男という男、童子の首までかっ切らせた。自分自身おさなかったがゆえにお目こぼしをもらった当人だというのに。将たるもの、情にながされてはいけないのはもちろんだ。だが、下々はそこまで肝がふとくない。勝つには勝っても、心が折れる」

「………」

「平家の怨霊どもを見ただろ。義経は気づきもしていないだろうが、やつらは、こちらの水夫を攻撃しなかった。そうすれば、俺たちをカンタンに足止めできたのに。死んで怨霊と化しても、サムライの掟《おきて》を守ってた」

「そうだったな」

「勝ちをかさねるほど、郎従どもの心は義経から離れていってしまう……」

「ベンケーシーは、ヨギツネが好きなんだね」

デネブが口をはさんだ。

侑斗は首をかしげる。「いまのって、そういう話か？」

「そうだよ。ベンケーシーは、ヨギツネのことが心配で心配でしょうがないんだ」

「……まあな」

「子供なんだよ。勝ち負けとか、どっちが強いとかばっか気にして、大事なことを忘れちゃう」

「そのとおり！」

「食べものの好き嫌いとかはげしいよねー」

「義経はゴボウが大の苦手だ」

「どうやって食べさせてるんだ？？　こまかく刻んで混ぜたり？」

「すりおろして、汁やシンジョに入れてる」

「ゴボウって、すりおろしてつかう手もあるんだ。意外とバレないよね。舌がお子ちゃまだと」

「そうそう！　話が合うなあ。デネブどの、おぬし、さぞいい料理をつくると見た」

「ベンケーシーも料理やるんだね。俺も、ベンケーシーの料理を食べてみたい」

「これも縁だ。いっそ、料理対決なんて趣向はどうだ？」

「やろうやろう！」

意気投合するふたりの話の雲ゆきに、侑斗は不穏なものを嗅ぎとった。「デネブ、お前、シイタケこまかく刻んで混ぜてるのか？」

「そんなことないけど……」デネブの目が宙に泳いだ。

「シイタケ入れんなって、いつも言ってるだろ！」

取っ組みあいをはじめたふたりを、弁慶はにこにこ笑って見まもっていた。じゃれあう子犬たちをいつくしむような慈愛の目だ。冗談じゃない。こっちは真剣勝負だ。

「それはそうと、侑斗どの、デネブどの、おぬしらはこれからどうする?」

「帰るよ。ちょっと迷子になっちまって。道をさがさないといけないが」

「どちらのご出身だ」

「……東のほうっていうか」

東京《とうきょう》とも関東《かんとう》とも言えず、侑斗はむにゃむにゃごまかした。

テングのウチワのような手を打ちならして、弁慶はよろこんだ。「まさに縁だ! 俺の頼みを聞いてくれないか」

「頼み?」

「静《しずか》どのを助けてほしい」

弁慶は、そう言った。

×　×　×

「なあ。おんなじところをぐるぐる回ってない?」

デネブが音をあげはじめた。

デジャヴを感じながら、侑斗は否定した。「それはない。ずっとのぼってるだろ。確実に前に進んでる」

「疲れた、侑斗、休もう」

「さっき休んだばかりだ」

「さっきって、一時間十七分も前だよ。山道で疲労は事故のもとだ。休んだほうがいい。侑斗だって、心の中ではそう思ってる」

それもそうだ、と思い、休憩をとることにした。

山道といっても、人が通る道じゃない。獣道だ。

義経の《ひよどり越《ご》え》じゃないが、動物が通れるなら、自分たちも行けるんじゃないかと思ったのが運の尽きだった。

切りたった山肌に木が生いしげるなか、すこしは平坦《へいたん》な場所を見つけて腰をおろした。

火をおこして暖をとる。

「もう四日も歩きづめだよ。引きうけるんじゃなかった」

デネブが不平を言う。

「引きうけたのはデネブだぞ」

「だって、シズカって言うから……」

住吉の海岸で、弁慶から聞いた話を総合すると――

九州行きが頓挫した以上、義経が育った地でもある平泉に向かうしかない。ところが義経がうごかない。愛人たちに逃げられ、せめて静という愛妾《あいしょう》だけでもついてきてくれないと、どこにも行かないというのである。

静というのは、例の十一人の中にはいない。

最愛中の最愛の愛人で、彼女だけは危険に遭わせたくないからと、出帆する前、吉野山《よしのやま》に隠したという。

しかし、静を迎えに吉野に戻ろうものなら、かろうじて残った部下まで離反してしまう。さりとて、道理を言いふくめて耳を貸す義経じゃない。弁慶のジレンマだった。

そこで、侑斗とデネブに静を迎えにやらせる。

彼らの腕前のほどは義経も目の当たりにしている。彼らが静をエスコートして、平泉で合流するといえば、義経も納得するだろう。

「方便だ。本当におぬしらが平泉まで護送する必要はない。伝言さえ、つたえてくれればいいんだ。静どのには、佐藤《さとう》兄弟のかたわれと、鬼がついてるから」

弁慶は言った。

「かたわれ？　鬼？」

「会えばわかる。みんな平泉からついてきた、腕の立つやつらだ。かれらが静どのを平泉に送る。伝令に使ってすまないが、郎従が減ってしまったし、大きくいえば吉野も東のほうだし……」

デカい手でおがむようにして頼まれ、しぶしぶ引きうけた――わけでもない。

静の名前を聞いて、デネブが大興奮したのである。

「やっぱりシズカって人が、助けをもとめてたんだ！　あの電報、ウソじゃなかったんだよ！」

「でんぽ？」

きょとんとする弁慶の手を、デネブはがっしり握りしめ、

「まかせておけ。シズカって人は助ける。そのために俺たちはこの時代に来たんだ！」

あっさり安請けあいしてしまった。

それでいて、この不平不満。いまさら何をか言わんやだ。

「そう言う侑斗だって、ヨギツネにイチコロでたぶらかされたじゃないか」

「俺は、あいつにカツを入れようと思ってだな……」

住吉の浜で、文句を言いに行ったのである。

義経は、松かなんかの木の下にうずくまってスネていた。

その姿を見て、侑斗はまたカッとなる。そういう子供じみた態度をとるから、みんなに軽んじられるんじゃないかと。

「義経……！」

侑斗は息を吸った。

言いたいことは山ほどある。

ちょっとばかり美形で——ちょっとじゃないが——モテモテなのは許してやるとしても、だらしなさすぎる。男としてという前に、兵をひきいる将として。

死人兵たちとの戦いで、すくなからぬ死傷者と不明者が出ている。そのほとぼりも冷めないうちに、部下たちより自分の愛人にかまけるとは。愛想をつかされても無理もない。

そう、ガツンと言ってやるつもりだった。

義経のことを思ってというより、巻きぞえを食ってる感があった。

愛人たちには劣化コピー認定されるし、デネブにはいっしょくたに子供あつかいされるし。義経にしっかりしてもらわないと、自分自身の立つ瀬がない気がした。

だが、振りむいた義経の顔を見て、侑斗の剣幕は、しゅるしゅるとしぼんだ。

それこそ子供のように、顔を真っ赤に泣きはらしていた。

「し、静ちゃんがかわいそうだよ」

しゃくりあげながら言った。

齢《よわい》三十にもなろうという、歴史に名だたる勇将がだ。

侑斗は気をとりなおし、苦言を呈することにした。

「何が静ちゃんだ。十一人も連れてきといて、いまさら静ちゃんでもないだろ。あんた、責任感あるのか」

「だって、いちばんのオキニを連れてきたら、ほかの女たちはどうなっちゃうのさ」

「……?!」

侑斗は凍りついた。

「郎従どもは優先順位つけて、静ちゃんだけまもるに決まってるじゃんか。静ちゃんには忠信《ただのぶ》も鬼もついてる。あの女たちには俺しかいないんだよ」

「……そのわりには逃げたけどな」

「逃げるのは勝手だ。やっと静ちゃんをまもれるようになったのに、置いてけぼりにしろっていうの？」

「わ、わかるけど、あんたには、部下に対する責任ってやつもあってだな……」

「女ひとり守りたい気持ちがわかんないやつなんか、部下でも武士でもないよ！」

「…………」

二の句が継げなくなった侑斗は、いつの間にか「静のことは俺にまかせろ」とかなんとか、義経にうそぶいていた気もする。

もちろん、そんなディテールはデネブには秘密だ。話したら、またバカにされかねない。「相談した結果、引きうけてやることに決めた」と、おおまかに伝えただけだ。

なのに、義経に丸めこまれたのを、見透かされてる気がする。

とりあえず話題を変えることにした。

「このさいだ。状況を整理しておこう。デネブは、『源平』っていってピンと来るか？」

「香川《かがわ》の銘菓だね。源平餅《げんぺいもち》」

「そこからだよな……」

ため息をつき、侑斗は記憶をカンタンに整理した。

「サムライの名門ってやつが二つある。源氏一族と平家一族。とおい親戚どうしなんだが、仲が悪かった」

「お菓子屋さんの元祖と本家あらそいみたいなやつ？」

「そんなやつだ。親戚だと、なおのこと始末に負えなくなるとこも似てるかもな。もめにもめたあげく、平家がこの国を支配した。けど、源氏が逆襲して、平家をほろぼした」

「じゃあ、いまゲンジーが日本を支配してるのか？」

「その直前ってとこだな。ライバルがいなくなって、身内あらそいにシフトした。義経は源氏の末っ子のくせに、平家をたおしてスターになった。俺をさしおいて――とカチンと来たのが、兄さんの頼朝《よりとも》だ。義経をころせと号令した」

「兄弟ゲンカはよくない！　なんで仲よくしないんだ」

「それこそ元祖と本家みたいなもんだろ。どっちかがつぶれるまで、ケンカが終わらない。義経は岩手《いわて》の平泉に逃げる。平泉の奥州藤原氏《おうしゅうふじわらし》は、東北《とうほく》を支配する一大勢力で……」

だが、デネブはそういう歴史には興味がないようだった。

「シズカって人は、どうなる？」

「俺がおぼえてるかぎりでは、頼朝の手の者につかまるが、頼朝の奥さんに同情されて、釈放されるんじゃなかったかな」

「よかった。じゃあ大丈夫だね」

「でもない。鎌倉《かまくら》に引ったてられた先で子供を産んで、その子は処刑される」

「えっ」

デネブは息をのみ、「シズカって人、妊婦さんなの？」

「……そういうことになるか」

義経が船旅に、静をともなわなかった理由は、それだったのかもしれない。

この時代の海運は沿岸を漕走するのがメインだ。典型なのが、侑斗たちが乗りあわせた、ハシケをタグボートが引っぱるお粗末なスタイル。瀬戸内海《せとないかい》とはいえ、関西《かんさい》から九州までハシケでわたろうというのが、現代の感覚からすれば無謀なのである。たとえ死人兵やイマジンにおそわれなくても、成功率はたかくない。

最初からそう言ってくれれば、すっきり納得できたのに……侑斗は内心ぼやいた。

「シズカって人をまもろう！」

デネブは元気をとりもどして立ちあがった。「赤ちゃんをヨイトモからまもらなきゃ！」

「わすれんな。俺たちが守るのは、人じゃない。時の運行ってやつだ。イマジンは倒した。俺たちがすべきは、帰ることだけだ」

「侑斗だって、心の中ではシズカって人を助けたいと思ってる」

「まだ帰る手だてが見つからないから、静御前《ごぜん》の顔でもおがんで行こうと思っただけだ。だが……」

侑斗も、さすがに不安になってあたりを見まわした。

思ったより、急峻《きゅうしゅん》な山である。

隠れ場所として歴史にたびたび登場するくらいだ。さぞ深山幽谷かと覚悟はしてたが、これほどとは。

吉野山という、ひとつの山と思いこんでいた。じっさいにはギザギザの尾根がえんえんつづく、一連の山系である。

雪が積もったりしてないだけマシだが、降りはじめでもしたら遭難必至。暖かい時代ではある。中世温暖期というらしく、温暖化がさけばれている現代よりも暖かい。とはいえ、ろくな装備もナシに冬の雪山を乗りきれるほどじゃない。

「俺たち、会えるかな……シズカって人に」

「弁慶の口車にのって、来れば何とかなると踏んでたのは、甘かったな」

大阪から京都《きょうと》、そして奈良《なら》へとぬけてきたあいだに、シェルパのひとりも頼んでおくんだった――と後悔しはじめた矢先。

《矢先》という言葉は、まさにこういうことを言うのだろう。

ふたりの周りに、矢が突きたった。

「え？」

先日あじわった死人兵たちの矢が、ヘロヘロに思えるほどの豪速だ。

と思う間もなく、投げ網がふたりをからめとった。

×　×　×

エイホ、エイホ。

威勢のいいかけ声で、ふたりは山道をはこばれていった。

前後左右に揺られ、おぼつかない口で、侑斗は抗議した。

「俺たちは水揚げした魚じゃないぞ！　海なし県のくせに」

「エイホ、エイホ」

山賊たちは、悔しいくらいにノーリアクション。

吉野山といえば、修験道の聖地かなんかじゃないのか。

まさか山賊がいるとは思わなかった。ボロ着をまとい、鼻が曲るようなニオイをたちのぼらせている。そいつらが、ふたりをとらえた網を、棒に差しかつぎにして、夜道をのぼっていく。

組んずほぐれつ状態で横におさまってるデネブが、とりすまして論評する。

「奈良をバカにするのはよくない」

「っていうか、ここが奈良県になるのは後の時代だ！」

ふたりがくだらないことで騒いでも、山賊たちは歯牙にもかけない。

侑斗は目をこらした。なんとか脱出の手がかりはないものか。

（おや？）

視界のすみに、赤い炎のようなものがチラチラと映る。自分たちにやや遅れて並走している何かだ。

（なんだろう？）

網はキツくしぼられている。顔を向けることもおぼつかない。正体がつかめないでいるうち、目的地に着いたらしい。

エイホ、エイホがペースダウンしていき、やがて停止した。

神社か、寺か、そんなような何かだ。棒からドスンと落とされ、本堂的なところまで、ズルズル引きずられていった。

デネブが担ぎ手たちに礼を言う。

「運んでくれてありがとう！　歩きつかれてたとこだった」

「バカ……」

板の間に投げだされた。

網にくるまれて自由はきかない。組んずほぐれつのパズルを、ジタバタして、ようやくほどいて直立体勢になった。

「太郎《たろう》か⁈」

駆けよってきただれかが言った。

その男は、侑斗を凝視したあげく、がっかりした顔になった。

「太郎じゃないのか」

「悪かったな。太郎って誰だかしらないが」なんだかムッとした。「で、お前がボス猿か」

相手の男は、屈強を絵に描いたようだった。

弁慶にくらべれば小兵だが、あまり栄養が行きとどいてない感じの山賊どもに混じると、花道を進む力士のように目だっている。

「ぼすざる？」

「山賊どもの頭目かと聞いてる」

「山賊って……。誤解だ。俺たちはそんなんじゃない」

「じゃ、お前が《鬼》か」

屈強男は目をパチクリさせた。「鬼があんたたちを連れてきたんじゃないか」

「え？」

今度は侑斗が当惑する番だった。

弁慶は『会えばわかる』と言った。

この悪目だちしている屈強男が《鬼》じゃなかったら、ほかにだれがいるのか。

そこに、少年が現れた。

部屋の中でも矢筒を背負っている。それも特徴的だったが、それ以上に目を引いたのは、目のさめるような赤毛。頭に炎が燃えさかっているようだ。

山道をはこばれるあいだ、視界にチラチラ見えていた赤い炎は、この少年の赤毛だったらしい。

屈強男が呼びかけた。

「鬼。この方々が誤解しておられる。説明してなかったのか」

こいつが《鬼》⁈

たしかに、一度見たら忘れないほど特徴的だ。

少年――《鬼》は、侑斗たちにつめたい視線を向けた。「このお山で、ふたりきりで夜をむかえるのは危ない。山賊にでも襲われたらいけないから保護した」

「へえ。てっきり、お前たちが山賊かと思ったけどな」

侑斗の皮肉に、鬼はあざけるような一瞥《いちべつ》をくれた。「あれしきの罠《わな》をかわせなかった。つまり、危ないってことだ」

声変わりもしていない高い声だが、ものごしは落ちついている。

山賊どもに混じって、ライオンの群れの中のウサギのように細っこい体なのに、態度だけはいちばん堂々としている。まるで、この少年が一味のボスであるかのようだ。

「………」

しかし、何か違和感がある。

なんだろう？

侑斗がもの思いにふけったすきに、デネブがしゃしゃり出た。

「ありがとう！　暗くなってくるし、寒いし、お腹《なか》は減るし、心ぼそくなってたところだった。親切な人たちにたすけてもらった！」

「……お前が《鬼》なら、伝言がある」

デネブを無視して、侑斗は言った。

「武蔵坊弁慶から、静御前に。吉野を出て、平泉に向かえと」

「弁慶さまが……」

周りがざわつくなか、鬼の瞳も一瞬ゆらいだ。

鬼は、口の渇きをおぼえたように、唇をなめながら、

「弁慶たちは、いまどこに？」

「知らない。とおりすがりに、たまたま伝言を頼まれただけだ」

「侑斗、ちがうよ。たまたまじゃなくて――」

デネブがよけいなことを言いはじめるのを、こづいて黙らせる。

しばしの間、侑斗と鬼は、目と目を見かわした。

最初に折れたのは鬼のほうだった。

「……静さまに伝えておく」

「俺たちの用事は終わったってことでいいな」

「いい」

鬼は、吐き捨てて去っていった。

屈強男が、あわてて侑斗たちにかけより、網をほどきはじめた。

「弁慶どのの伝令とは知らず失礼した。私は佐藤四郎兵衛尉忠信《しろうひょうえのじょうただのぶ》と申す。遠路かたじけない。ここに泊まって疲れを癒《いや》してくれ」

×　×　×

『吉野建て』という言葉がある。

急峻な吉野山一帯には、ほとんど平地がない。おおくの建物が、ガケからせりだしたり、逆L字に谷にへばりつく形になっている。

そんな建屋のひとつにとおされた。

大部屋には、すでに布団が敷いてあった。布団といっても、ワラを編んだゴザである。

「風邪引いちゃうよー」

デネブがぶーぶー言うのを侑斗はいなした。

「これでも大歓迎の部類だろ。タタミや綿布団が普及するのは、ずっと後だ」

山賊どもが群れている。一ヵ所にあつまって騒いでいる一団もいる。

彼らから距離をとり、すみっこのゴザ二つを占拠することにした。

「野宿よりはずっとマシか。いい人たちに助けてもらったね」

「いい人たちかな」

「え？」

いぶかるデネブに、侑斗は板壁の外をうながした。

だれかが巡回している気配がある。

デネブの顔も引きしまった。

「見はられてる」

「ここは、どうも変だ」

「でも、ベンケーシーが言ったとおりだよ。佐藤って人も、鬼って人もいた」

「どうやら静もいるらしいな。この時代の吉野山は女人禁制の聖地だ。女をかくまうにはもってこいだが、俺たちをつかまえる理由がよくわからない。何かたくらみがあるぞ」

「たくらみ？」

「俺たちのご用は終わったが、あの鬼って小僧の用は終わってないと思ったほうがよさそうだ」

そこまで話したとき、ワッと一団が沸いた。

見ると、若い男が着物を脱ぎ、ほとんど全裸になっていた。

全裸男が言った。

「まいったまいった。降参でえ。もう賭けるもんがねえや」

「賭けるもんがないって、お前、その平包《ひらつつみ》はなんだ」

「いや、これは……」

「凍え死ぬぜ。命より大事な荷物なんてねえだろ。そいつを賭けて、一世一代の勝負しねえか」

「こいつは賭け物じゃねえんで」

「命より大事な荷物ってか。おもしれえ。見せてみろい」

「やめてくれ！」

抵抗むなしく、博奕《ばくち》打ちたちが襲いかかり、若い男の包みがほどかれた。

黒いカタマリが散らばる。

博奕打ちのひとりが拾いあげる。にぎると、ぐしゃりと手の中で砕けちった。

「何だこりゃ？　干からびたキノコか？」

その男の体が、とつぜん木壁まで吹っとんだ。

デネブがぶっ飛ばしたのである。

「乾しシイタケも知らないのか。食べものを粗末にするやつは、俺がゆるさない」

「なにをっ」

男たちが殺気立った。さっそく刀を抜きはなった者もいた。

全裸男が大事そうに風呂敷に包んでいたのは、どうやらシイタケだったらしい。たかがシイタケのために、デネブVS博奕打ちどもの大立ち回りを、繰りひろげさせるわけにはいかない。

侑斗は嘆息して、割って入った。

「俺に免じて許してくれ」

「免じるって……だれだお前」

「名のるほどのもんじゃない。この男の代わりに俺が賭ける」

弁慶からあずかった路銀を、床にドンと置いた。

包みから、金のつぶがこぼれ落ちる。

おもわぬカモネギの登場で、博奕打ちは、舌なめずりせんばかりになった。

侑斗は座った。

かれらが興じていた賭けごとは――

「スゴロクか」

現代でいうバックギャモン。

古代メソポタミアだかエジプトあたりではじまった、世界最古のボードゲームだそうだ。飛鳥《あすか》時代に伝来してからというもの、日本でも千年にわたってゲームの王座に君臨したという。

でも、どうせサイコロをつかうなら、もっと、フットワークの軽いゲームがある。石を並べはじめた博奕打ちに提案した。

「丁半のほうが話が早いぞ」

「チョーハン？」

「ツボ振り役はお前がえらべ」

丁半バクチのルールを説明した。

博奕打ちは、半信半疑の表情だった。サイコロの目の、偶数奇数だけで、ギャンブルが成立するのか？　が、さっそくデモンストレーションで侑斗が負け、

「四《シ》・三《ソウ》の半か。負けた負けた！」

と賭け金を差しだすと、要領が飲みこめたらしい。目に強欲の光がともった。

「たしかに話が早え」

「だろ？」

本ゲームがはじまった。

つぎも侑斗が負けた。博奕打ちの笑みがひろがったが、侑斗は淡々と賭け金を積む。

一進一退をくりかえしつつ、しだいに侑斗の負けが込んできた。

見まもる連中にまじって、デネブが金切り声を出す。

「侑斗、そんなに巻きあげられちゃって！」

「旗色が悪いな。丁半なんか紹介したのはしくじった。最後の大勝負と行くか」

侑斗は、賭け金の山を積みあげた。

デネブが悲鳴をあげる。博奕打ちも目をまるくした。

「お前……そんなに……」

「一世一代の勝負とかなんとか、威勢のいいこと言ってたのはどこのどいつだ」

「いや、まあ……」

「だったら賭けろ。俺は丁だ」

「……半」

ツボ振りがサイを振った。

ピンゾロが出た。

「一・一《ピンゾロ》の丁。俺の勝ちだな」侑斗はおもしろくもなさそうな顔を博奕打ちに向ける。「さ、払ってもらおうか」

「…………」

今夜のゲームで博奕打ちたちが巻きあげた総額を合わせても足りないだろう。

博奕打ちは応えず、いきなり立ちあがりざま、刀を抜こうとした。

が。

いつの間にか、侑斗が手にしていたゼロガッシャーが、首もとに据えられていた。

騒然となった仲間たちも、デネブの指鉄砲に牽制《けんせい》されてしずまった。鉄砲の存在は知らずとも、気迫に飲まれたらしい。

侑斗は静かに言いはなった。

「金を払えばいい。お前の命なんてゴミ、ほしくもない」

「……そんなには払えねえ……」

「最初からそう言え」侑斗は、全裸男をアゴでしゃくった。「そいつから巻きあげたものを返してやれ。それで勘弁してやる」

「侑斗、大勝利だね！」

デネブが喜ぶのを、「バカ！」と制し、侑斗は博奕打ちにつけくわえた。

「俺の金は取っておけ。ゲームに付きあってもらった礼だ」

侑斗がもとのすみっこに戻るのを、博奕打ちたちは呆然《ぼうぜん》と見おくった。

デネブの熱狂は冷めやらなかった。

「最後の大逆転はすごかったな。奇跡ってあるんだねー」

「奇跡じゃない。バックギャモンに馴れてない俺は勝てない。でも丁半なら、確率五十％の勝負に持ちこめる。必勝法ってやつがあるんだよ」

「シイタケを助けてくれてありがとう」

「シイタケを助けたわけじゃ……」

「乾しシイタケ、この時代にもあるんだね……立派だったな……」

にくたらしいほど夢心地な顔。見ているだけで、シイタケのニオイまで立ちこめてくる気がする。

と思ったら、全裸男が近寄ってきた。もう全裸ではないが。

「助けていただいて、ありがとうございました」

コイツのシイタケ顔など見たくもないが、

「山賊どもの仲間じゃなさそうだな」

「伊豆《いず》の源兵衛《げんべえ》と申します。シキタケが宋《そう》の国に高く売れると聞いて、京までまかり越したんですが……」

「この時代はシイタケのこと、シキタケっていうんだ！」

とデネブが興奮するのを抑え、侑斗は聞いた。

「京都に？」

「平家の方々が、宋と売り買いしていると聞きまして」

「平家はほろんだろ」

「はあ。それで途方に暮れていましたところ、鬼さんに連れられてここに……」

「あの生意気小僧か」

「え、鬼さんは小僧じゃ……」

何事か言いかけた源兵衛は、言葉をのみこんだ。

侑斗が、しげしげと源兵衛の顔をのぞきこんでいたからだ。

「あんた、鬼ってヤツに、なんて言われて連れてこられた？」

「吉野のお寺に、買い手を見つけてやるからと。でも、話が進まず、無為に過ごすうち、ついスゴロクに手を出してしまいまして」

「………」

気弱そうに話す源兵衛の顔を、侑斗は見つめつづけた。

本人が言うとおり、シイタケ売り以外には、なんの取り柄もなさそうに見える。

でも、《鬼》はこいつをスカウトした。

シイタケを売ってやるなんてのは、口からでまかせに決まってる。ほかにかならず理由がある。

「あんた、もしかして『太郎』って呼ばれなかったか？　ここに着いたとき」

「……そういえば、忠信さまがそんなことを言ってたような」

「やっぱりな」

侑斗は腕ぐみをした。もうシイタケ男に用はない。

デネブが源兵衛とシイタケ談義をはじめたようだが、侑斗は聞いていなかった。

×　×　×

荒くれ男たちのイビキにまじって、笛の音が、きれぎれに聞こえてくる。

侑斗はそっと寝床を抜け出した。

音を立てないよう、戸を開け、外にすべり出る。

篝火《かがりび》がぽつぽつと置かれ、夜がまだらになっている。

槍《やり》をかかえた見張りらしき男がいるが、もう巡回はしていない。雪もちらつきはじめ、篝火で暖をとるほうに気が行っている。侑斗は男の目をぬすんで、まだらの闇から闇へとすすんだ。

笛の音のほうへ。

物かげへ身をひそめたとき、いきなり、後ろから斬りかかってくる者があった。

とりあえずかわす。

顔は、闇の中で漠としているが、見るまでもない。気配はバレバレだった。先ほどの博奕打ちだ。

「さっきはずいぶん恥をかかせてくれたじゃねえか、え?」

メンツをたもちたいというより、侑斗がチラつかせた金子が目当てだろう。

ため息をついた。よけいなことをすると、よけいなトラブルを背負いこむ。

山賊の地が出たな——と軽口のひとつもたたきたいところだが、見張りに気づかれたらもっと面倒だ。無言で、博奕打ちの刀をかわした。

「侑斗、どうしたの? トイレ?」

さらに、のんびりした声が近づいてくる。

デネブがのこのこやってきていた。

「しっ。バカ、戻れ」

と言いかけたが、デネブがいたほうが便利かもしれないと思いなおす。デネブは夜目がきく。

「静に会いに行く」

「あの笛が、シズカって人？」

「確証はないけどな。忠信ってやつも鬼って小僧も、音楽なんて雅《みやび》なことやらなそうだろ」

「俺を無視してしゃべってんじゃねえ！」

博奕打ちがカッとなった。会話のあいだ、ずっと侑斗に打ちかかっていたのである。

刀を突きだしてきたのをよけた。

背後の木にヘンな角度で突きあたり、安物の刀身がパキッと折れる。

とたん、侑斗は、男の顔に向かってジャブをはなった。

博奕打ちが身をすくめる。だが、パンチはやってこなかった。おそるおそる目を開けると、侑斗の左手が何かをはさんでいた。はね返ってきた刃の先が、男の顔に刺さるところだったのをつかんだのである。

「あぶないぞ。気をつけろ」

目をパチクリさせている博奕打ちをのこし、侑斗はデネブをうながして先にすすんだ。

「なに、ケンカしてたの？」

「べつに。で、どっちから聞こえてくる？」

「あっちかな」

デネブが先にまわり、ふたりは闇の中を進んだ。

バンガローのような小屋のひとつ。いわゆる庵《いおり》だ。

その戸口に、灯火に照らされ、青白い人の姿が浮かびあがっていた。

女性のシルエットと見て、侑斗は姿を隠すのをやめた。

正面から近づいていく。

枯れ枝を踏みしだく足音に気づき、女性はハッと笛を吹くのをやめた。

「……太郎?」

呼びかけてきた顔を見て、侑斗は息をのんだ。

美しい。

この時代に来てからというもの、女性といえば、白塗りの化け物しか見てこなかった気がする。そんな連中とは一線を画した健康美。立ち姿からさえ優美さがにじみ出している。

屋敷にすわって暮らしているお姫さまではない。訓練されたダンサーの体型だ。

「静御前だな?」

女性は首を横に振った。が、侑斗の言葉を否定したわけではないらしい。

「太郎のはずありませんね。太郎は死んだんですもの」

「俺は、義経と弁慶の使いだ」

「シズカって人を助けに来たんだよ！」

デネブが調子づいて勢いこむ。

女性——静は微笑んだ。「あなたがたこそ、義経さまと弁慶に見えるわ」

「そのことだ」

侑斗は疑問をぶつけた。

「あんたたちが言う『太郎』ってのは誰だ」

「杉目太郎行信《すぎのめたろうゆきのぶ》。義経さまが挙兵されてから、ずっと行動をともにした者です。壇ノ浦で敵の矢に当たって海に沈んだそうなのですが、遺体はあがらなかった。いなくなったのがまだ信じられない」

「そういうことか」

そこに、背中から矢が飛んできた。

この時代に来て三度目だ。さすがにもう馴れた。侑斗は空中で矢をつかみとり、振りかえる前から呼びかけた。

「お前の矢だな、鬼」

短弓に、つぎの矢をつがえた鬼が姿をあらわす。

燃えるような赤毛の下で、侑斗をにらみつける目が殺意に満ちている。

「何のつもりだ。静さまに近づくなんて」

「お前こそ何のつもりだ。なぜ俺や源兵衛をここに連れてきた」

「言っただろ、山賊から守ってやるって」

「太郎というのは、義経の影武者だったんだな？」

これは静に聞いた。

聞いたというより、ただの確認だ。

「…………」

静はこたえなかった。

侑斗は鬼に言う。

「俺も源兵衛も、太郎ってやつにまちがえられた。小僧。お前が俺や源兵衛をここに連れてきたのは、義経に似てるからだ。戦死した太郎とやらの身代わりだ。けど、この吉野山で、義経の影武者をこしらえて何の意味がある」

「……意味あるんだよ。お前らの首にな」

「首？」

「鎌倉から出ばってきた北条時政《ほうじょうときまさ》がかぎまわってる。静さまがここにいるって気づかれるのも時間の問題だ。やつらが軍を押しすすめてきたら、百姓あがりの山賊ふぜいをいくらあつめたって、矢の的にしかならない。まともに戦えるのは、忠信と俺しかいない。義経さまの首を差しだして、時をかせぐんだよ」

「向こうだって、影武者をうたがうだろ」

「でも首がふたつあったら？　どっちかは本物かもしれないって思うだろ？」

「……攪乱《かくらん》しようってか。お前、なかなか策士だな。その策、個人的には気乗りしないが」

「乗ってもらうさ。いま、首になれ！」

鬼が矢をはなつ。

と、同時に、懐刀を引きぬいて躍りかかってきた。

一瞬の早ワザだ。

その動きも侑斗は読んでいた。ゼロガッシャーの腹で矢をはねかえし、自分からも踏みこんで、短刀をなぎはらった。

ゼロガッシャーの切っ先を、ぴたりと、鬼の顔の正中に据える。

信じられない、と見ひらかれている目を、刃ごしに見すえた。

「最初に言っておくのを忘れた。俺は、かなり強い」

宙にはねあげた短刀が、落下してきて、鬼のうしろ髪をむすんでいたコヨリを切った。

ファサリと髪が舞う。

赤い花火のように。

赤い絵の具をキャンバスにぶちまけた現代絵画のように。

今度は侑斗が目を見ひらく番だった。

「お前、女だったのか」

「………」

侑斗は苦笑した。

「関係ないか」あらためて静に向きなおる。「あんたに伝言をあずかった。平泉まで来てくれとさ」

「平泉……私は行ったことありません。遠いのでしょう?」

「身重のあんたにはキツいかもしれない。でも、がんばれ。義経も心配してた」

いつの間にか、はげましている自分に気づき、侑斗は静から視線をそらした。

「伝言は済んだ。行くぞ、デネブ」

「えー、せっかくシズカって人に会えたのに」

「用は終わった」

デネブをうながし、侑斗が立ち去ろうとしたとき。

剣戟《けんげき》の音が聞こえてきた。

4 ▼ 吉野を脱出せよ！

怒号。

悲鳴。

剣と剣とが火花をちらす音。

音の方角に向かって、侑斗たちは坂を駆けおりる。篝火《かがりび》が消えてしまったらしく、一帯は闇におおわれていた。

ぼんやりした月明かりの中、シルエットが入りみだれている。

一度、伏せて様子をうかがった。

夜目がきくデネブが報告する。

「山賊さんたちが戦ってる」

「敵は？」

「サムライかな？　でも、ヘンだ」

「どこが」

「首がもげちゃったり、体が半分なかったりしてる」

「……ゾンビどもだ」

血の気がすっと引いた。

一度遭遇した敵ではあるけれど、忘れかけていた。海の上の、まぼろしだった気がしていた。

巨大イマジンを倒しても、事件は解決していなかったのだ。

火の手があがる。

篝火が建屋に燃えうつったらしい。火明かりに照らされ、戦況が見えるようになった。

敵は、殺戮《さつりく》のかぎりを尽くしていた。

数はそれほど多くない。が、筏《いかだ》の上と同じことのくりかえしだ。斬っても突いても倒れない。そのうえ、敵は闇の中でも見えている。というより、視界など必要としていないのかもしれない。眼球をうしなっている者が大半なのだから。

横に走りこんできた小柄な姿があった。

鬼だ。

「行くな」

侑斗は制止した。「明かりを消せ。静をまもれ」

「でも」

「俺がやつらを引きつける」

「あんたが？　なんで」

「シズカって人を助けるのが、俺たちのミッションだ！」

デネブがよけいな差し出口をたたく。

侑斗は苦笑した。「山賊連中はどうでもいいが、源兵衛ってやつだけはまもりたいからな」

鬼が駆けもどるのを見とどけ、乱戦に斬りこんだ。

「変身」

最初のゾンビ兵を斬りふせつつ、ゼロノスに変身する。

ベガフォームをえらんだ。

アーマーの上に、さらに、変形したデネブのイメージが装着される。ふたりの合身フォームである。

スピードがそこなわれるかわり、デネブのパワーが最大限に発揮される。デネブの暗視能力が、電仮面によって増幅されるのも、この状況では有利だ。

「最初に言っておく！　ゾンビ映画は嫌いだ！」

指令塔になったデネブが、高らかに宣言した。

「映画は動物アニメにかぎる。カワイイからな！」

（誰に言ってんだ！）

ベガフォームでは副人格にすぎない侑斗の、ささやかな抗議など無視し、デネブは敵兵を斬りたおしていった。

だが、

「キリがないぞ！」

たちまち音をあげる。倒したはずの敵兵が、間をおかず復活して襲ってくる。

侑斗はかんがえた。

体の主導権はデネブに明けわたした。自分の役目は、戦術を練ることだ。

筏の上では有効だった『海に落としてしまえ』作戦が、この山中で通用するわけもない。義経だったらどうする？　勝ち負けという結果だけを、プラグマティックに追求する義経なら……。

（デネブ、ボウガンだ）

「ボウガン？」

（やつらの動きを止めるんだ）

「そうか！」

心得たデネブは、ゼロガッシャーをボウガンモードに変え、ゾンビ兵に連射した。

ゾンビ兵たちが縫いつけられていく。あるいは樹《き》に、あるいは地面に。

全身ハリネズミのようになって、ひくひく動いているさまは不気味だった。

「やっぱり動物アニメのほうがいい」

余裕ができたデネブは、山賊たちにも声をかけた。「俺たちにかけた網、持ってるだろ。あれをつかってくれ！」

デネブに言われて、山賊たちが、投げ網をゾンビ兵たちにかけはじめる。

うまいものだ。

鬼は、百姓あがりとか言ってたが、もとは猟師たちなのかもしれない。ゾンビ兵たちがひとり、またひとりと自由をうばわれていった。たおせてはいない。けど、徐々に事態は終息に向かっている。

『殺す殺さないじゃないんだよねー』

義経の声が聞こえるような気がした。

山賊どもの手ぎわがだんだんよくなってきた。例の博奕《ばくち》打ちも奮戦している。この調子なら、敵はあらかた制圧できそうだ。

(デネブ、源兵衛は……)

「おう!」

ベガフォームは源兵衛の姿をさがした。

見つかったのは、佐藤忠信と名《い》のった屈強男の死骸の下だった。

忠信は、自身の体の大きさを活かし、源兵衛の盾になったようだ。全身に矢を受けて、死んでいた。

下じきになった源兵衛を助けおこす。

「このタラノメって人は、君をかばって死んだのか?」

「なぜそうしてくれたのか、わかりませんが……」

（太郎とやらを守ったつもりだったのかもな）

侑斗は、ベガフォームの中で言った。

（俺や源兵衛を見て、みんな太郎太郎言ったくらいだ。杉目太郎行信ってのは、よっぽどいいやつだったんだろう。ただの影武者じゃなくてな）

侑斗の言葉は音にならない。頭の中でひびくだけだ。デネブだけがそれを聞いていた。

デネブは、そっと忠信の遺骸に手を合わせた。

×　×　×

月が、天頂にさしかかっている。

雪模様でさえなければ、さぞかしすばらしい星空が見えただろう……という思いを振りはらい、侑斗は言った。

「山を脱出する」

聞いているのは、デネブ、静、鬼、源兵衛。総勢五人だ。

母屋《おもや》のあたりでは、まだ戦いがつづいている。

「夜明けを待ってか？」

「いや。夜のうちにだ。キツいのは承知だが、朝になったら、時政軍に包囲されてしまうおそれがある」

「トキマサクン？　敵はヘッケイのゾンビじゃないの？」

デネブが首をかしげた。

「平家じゃない。あのゾンビ兵……いや、死人兵どもは、もと源氏の軍勢だ。そうだな？」

水を向けると、鬼はうなずいた。「あのこしらえは源氏だ」

平家のテーマカラーは赤、源氏は白。装具にも色のマークをつけることが多かった。

「前に、平家の死人兵に襲われた。かんがえてみたら、死人にしては統制がとれすぎてた。船団を組んでたくらいだからな。うらめしや〜とかなんとか、やみくもに襲ってきたわけじゃない。バックに糸を引いてるヤツがいる」

「………」

「義経をねらい、静をねらってる。なら、うたがわしいのは北条時政だ。京都に駐屯して、義経一派をさがしてるんだよな？」

「仕切ってるのが時政なら、手下は死人だけじゃないはずだ」

鬼が指摘した。

侑斗は舌をまいた。この小僧――あらため少女は、頭が切れる。

ためしてみることにした。

「鬼、お前ならどうする？　死人と生きてる人間、両方つかって山狩りするなら」

「人間にかこませて、死人に獲物をいぶし出させるかな。クマ狩りに犬を使うように」

「合格だ」

侑斗はうなずいた。

「人間の包囲網が機能するのは、夜が明けてからになる。その前に山をおりる」

「それで夜のうちにか」

鬼は、静の身支度をととのえはじめた。先ほどまでとは、打って変わった素直さだ。

「いい子だね、鬼って子」

デネブがささやいた。

「それに美少女だ。シズカって人もキレイだし、ふたりを守らなくちゃね」

「バカ」

と言いかけ、侑斗はしげしげとふたりを見なおした。

言われてみれば、たしかにそうだ。

絶世の美女と、赤毛の美少女のペア。こいつは目立つ。

この先も、源氏が網を張っているなかを突破し、平泉まで行きつくには、工夫がいる。

とくに、あの赤毛だ。隠すか染めるか。この時代に、髪を染める手だてはあるのか……。

かんがえにふけっているうち、ふと気づくと、静の相手は源兵衛にスイッチしていた。

輿にのったように話している。

鬼はどこへ行った？

見まわすと、木陰から矢をつがえている鬼の姿があった。

短弓が引きしぼられている——こちらに向かって。

感づかれたと知って、鬼は弓を弛緩《しかん》させた。

「なんのつもりだ」

「あんたをねらったわけじゃない」

「じゃあ、だれを」

「……源兵衛だよ」

「源兵衛？　なぜ」

「足手まといになる。それに、伊豆の出なんか信用できない」

「伊豆……ああ、北条時政の本拠地だからか？」

「首になってもらったほうが役に立つ」

「それで、その矢か」

鬼がつがえてた矢は、ふだん彼女が使っている短い矢より長かった。あたりに転がっていたのを拾ったのだろう。流れ矢にあたったと見せかけようとしたのが、勝手がちがい、もたもたするうち侑斗に見つかったのだろうか。

こいつは、デネブの言うような《いい子》なんかじゃない。

侑斗はクギを刺した。

「鬼とは、よく言ったもんだな。忠信が命をすてて救ったやつを、ころそうとするのか。いいか。お前たちに手を貸すのは、源兵衛を助けるついでだ。おぼえとけ。あいつに手を出したら、俺はお前の敵に回る」

「わかった」

不承不承うなずいた鬼が、矢を捨てて静たちのところに戻ろうとしたのを呼びとめた。

「そういえば、お前のホントの名前はなんだ？」

「だから、鬼だって」

「そんなわけないだろ」

「この髪だ。生まれてこのかた、ずっとそう呼ばれてきた。実の親にもな」

鬼は去っていった。

×　　×　　×

一列縦隊で山肌を駆けくだった。

先頭は鬼だ。

山道を知っている彼女が先導し、静を背負ったデネブがつづく。

巨体に似あわない敏捷《びんしょう》さで、木々をよけて突っぱしる。邪魔な木は指からの連射で撃ちくだき、道をひらく。

源兵衛をはさみ、しんがりは侑斗がつとめた。

隠密《おんみつ》行動とはいかない。

デネブが目からサーチライトを発して前方を照らしているし、銃撃音もひびく。目だつのは承知の上だ。そのリスクよりも、この作戦ではスピードがものをいう。夜明けまでに、山を離れられるかどうかが勝負だ。

見なおしたのは源兵衛だ。

鬼に言われるまでもなく、足を引っぱると思いきや、なんとかついてきている。

デネブの露はらいがあっても、足もとがおぼつかない夜の山道を駆けるのは、戦い馴《な》れしているほかの連中にとっても至難の業だ。伊豆から京都まで、徒歩で旅してきただけのことはある。

ここまでは上出来――と侑斗が希望をもちはじめた、そのとき。

ガサガサガサガサ！

枝を踏みしだき、追いかけてくる音が近づいてきた。

侑斗は急ブレーキをかけ、剣をかまえて振りむいた。

鬼が駆けもどってきて、さっと横にならぶ。

「先に行け！　俺ひとりでいい。敵を足どめするだけだ」

「あんたを助けようなんて思ってない」

鬼は、腰を落として矢をつがえた。「あんたがやられたら、首をもらうためだ」

「そいつは心強いな」

侑斗の皮肉を無視して、ひょう、と鬼は矢を放った。

矢は、ちょうど姿をあらわした敵兵の胸に吸いこまれていった。革の装甲を割り、敵兵がもんどり打つ。

——のを確認する前に、鬼は、もう次の矢をつがえていた。

（へえ？）

侑斗は、ちょっと見なおして鬼を見た。

鬼がつかっている弓は、コンパクトな短弓だ。

弓はバネである。長ければ長いほど、射程も威力も増す。そのぶん引く力も要るので、あつかう弓の長さが、そっくりそのまま戦士のパワーをあらわす。

大相撲の弓取式は、トワリングのパフォーマンスではない。身長以上もある長弓を回すのは力士の強さの象徴だ。この時代に来てからというもの、敵味方ともに二メートル半はくだらない弓を駆使している。

それにくらべたら鬼の短弓は、オモチャだ。飛距離も威力もおとる。だが機動力は上だ。こいつは、思った以上に戦い馴れている。

鬼は、『やった』との顔も見せず、

「来るぞ」

一言いった。

その言葉どおり、鬼に射られた敵兵はすぐに起きあがり、こちらに向かって走りだした。その体に、二の矢、三の矢が吸いこまれていく。

敵のいきおいは止まらない。

(映画のゾンビのようなわけにはいかないか)

侑斗は苦笑いした。

鬼の矢は、確実に相手の心臓も頭蓋もつらぬいている。それを、意に介するそぶりすらない。うめき声ひとつあげず、顔に何の感情もやどさず、うつろな眼窩《がんか》から謎の光をギラギラと発して、侑斗たちをするどくロックオンしている。

敵兵は、頭上に振りかざした刀で斬りかかってきた。

侑斗は鬼を突きとばし、ゼロガッシャーで受けとめた。

腕に、ビリビリと衝撃がはしる。とうていダメージを負った人間の膂力《りょりょく》ではない。無表情に押してくる。

さらに敵兵が十人ばかり、わらわら追いすがってくるのが見えた。尻もちをついたまま、鬼がそれこそ矢継ぎばやに矢を放つが、狼《おおかみ》のような眼光の群れは止められない。

（まずい！）

侑斗の余裕も消しとんだ。

つばぜりあいを演じていた相手を、いったん突きはなし、

「変身！」

ベルトにカードを入れた。

グリーンの装甲が体をつつんでいく。

アルタイルフォーム。侑斗もちまえの敏捷さを増幅する形態である。

「……なんだ……？」

はじめて見た鬼が、あんぐり口を開けた。

ゼロノス――侑斗は、剣を振るった。

敵兵が、つぎつぎと宙に舞う。

正確には、敵兵の体だった肉片が。

ゼロノスの剣――ゼロガッシャーは、オーラエネルギーを振動させて鉄をも斬りさく。

平知盛の錨《いかり》を、豆腐のように斬った剣だ。まして人体など、ものの数にはいらない。

ヨロイごと、骨ごと、侑斗は乱切りしていった。このあと復活するのかどうかしらない

が、当座の動きを止めてしまえば勝ちという義経メソッドでいえば、敵をバラバラにするのはアリなはずだ。

目のとどく範囲の追っ手を、斬りに斬った。

もとは立派な武士であり、だれかの家族だろう。死体とはいえ、こうまで損壊する罪は重いだろう。

でも侑斗は容赦しなかった。

地面に散らばった、こま切れの肉片が、月の光の中でぐじゅぐじゅ動いている。なかには、糸のような触手を出して、起きあがろうとしているものすらある。

すっぱいような罪悪感と嫌悪感を、同時にあじわいながら、侑斗は鬼に手を差しのべた。

「行くぞ」

鬼は、侑斗の手をガン無視し、クラウチングスタートの要領でダッシュしていった。

仮面の下で、侑斗は苦笑した。

鬼は、走るというより、山の中をバウンドしていく。斜面をスライディングしたかと思えば、前方の木の根っこを踏み台にしてジャンプし、木の幹をバネにして飛び跳ね……。

ウサギのように、サルのように、小柄な体が迷いなくすすんでいく。

ゼロノスの強化された視界と体でも、ついていくのがやっとだった。

ほどなく、仲間たちの後ろ姿が見えはじめた。

長い髪をなびかせ、デネブの背中で、振りかえった静の白い顔が闇に浮かびあがる。

「行け！」

大胆なストライドで走りながら、焦燥感が心臓をしめつけていた。

先ほどから、なぜいそいでいる？　俺は何を見のがしている？

鬼は、侑斗はさけんだ。

その暗い予感は、すぐに現実となった。

両サイドに、並走する影があらわれた。

「えっ?!」

敵兵が横なぐりに槍《やり》をたたきつけてきても、侑斗は、まだ現実のものとは受けとめられなかった。

オーラアーマーごしでも、強烈な打撃がダメージをあたえる。槍兵《そうへい》だ。ということは、先ほどの敵兵とは別種の連中。

ほんらい、自分たちに追いつけるはずがないのである。

鬼も自分も、夜の山中にはありえないスピードで走ってきた。

日中に、平地で短距離走を走るクラスの速さだ。そこに苦もなく追いすがってくるのみならず、攻撃までしてくるとは。

その謎は、すぐに解けた。

侑斗に第二打を加えようと振りかぶった兵は、正面から木に激突して、視界から消えた。べつの兵が槍を突きだしてきたが、踏みだした拍子に足をとられ、グギッと、イヤな音を立てて地面に突っこんでいった。

（こいつら、全力疾走してやがる！）

並みの人間なら、夜の吉野山を、前方や足もとを確認せずに全力疾走はできない。敵兵はそれをやってのけている。

どんどん敵兵は自滅していった。

それでも、まだまだ多人数が、おなじ勢いで迫ってくる。増える一方だ。

ここで食いとめないとヤバい。

（やむをえないか）

侑斗は走るのを止《や》め、振りかえった。

ゼロガッシャーをフルチャージする。

さらにチャージ。

さらに。

エネルギーが、臨界点に達していく。

目の前の敵を斬りはらいながら、静たちが遠ざかっていくのを背中で感じていた。

オーバーチャージされたゼロガッシャーは、爆発し、半径二百メートルくらいが灰燼《かいじん》に帰すだろう。

静たちがじゅうぶんに距離をとっただろう時間を見はからい、最後のチャージをおこなった。

爆発まであと数秒。

「侑斗、何してるんだ、侑斗！」

デネブが走ってくる声がした。

「バカ！　戻れ！　離れろ！」

侑斗は絶叫した。

刹那。

まばゆい光と轟音《ごうおん》が、ふたりを押しつつんだ。

木々。

敵兵。

地面。

視界にあるかぎりの、すべてが沸騰する。

夜空までもが、光の中に溶けていく。

爆風が襲いかかり、木々が燃えあがった。翼を休めていた鳥たちもろとも、炎の竜巻と化した。

足もとが蒸発し、侑斗は落下した。

できたてのクレーターの底に叩《たた》きつけられた。上を見あげると、火だるまになりながら羽ばたこうともがいている鳥たちの姿が見えた。

（すまない……）

心の中でつぶやきながら、侑斗の心も深淵《しんえん》に落ちていった。

×　×　×

最初に目に入ったのは、ぼんやりしたグレーだった。

体は動かせない。目をしばたたいた。

この、灰色の世界はなんだ？

しだいに記憶がもどってきた。

オーバーチャージしたゼロガッシャーの爆発で、クレーターができたのだろう。その底に自分はよこたわり、空を見あげている。

夜は明けそめている。

侑斗の変身は解除されていた。アーマーは消えていた。爆発の衝撃を吸収して分解されたようだ。

いずれにしても、自分は生き残った。

「デネブ。無事か？　デネブ……」

侑斗は呼びかけた。

自分の声が、自分にも聞こえない。

聴覚は生きているらしかった。砂利を踏みしめる音を立て、だれかが近づいてくる音が聞こえた。

「……デネブ」

侑斗はつぶやいた。

だが、上から侑斗をのぞきこんだのは、知らない人間のシルエットだった。

「君、ジオウですか？」

シルエットは聞いた。

──ジオウ？

そんな名称、聞いたことがない。

音からして、電王の同類か。でも、にわかに答えてはいけない感じがした。『ジオウ』

と言った相手の声音が、剣呑なひびきを帯びていた。

侑斗は沈黙した。

目をすがめて、シルエットの主の顔を確認しようとした。が、焦点もさだまらない。

シルエットは、含みわらいしたようだった。

「失礼しました。そのていたらくでは、ジオウではありませんね。ただの電王かな。もしくは、その仲間か」

「だれだ？」

舌も言うことを聞かなかった。侑斗は声を出せなかった。口を音の形に動かしただけだ。

それでもシルエットには通じたようだった。

「私は梶原景時《かじわらかげとき》……。礼儀上名のりましたが、自己紹介していただくにはおよびませんよ。だいたいわかってますから」

カン高い声が遠ざかっていった。

それと呼応するように、侑斗の意識も、ふたたび昏迷《こんめい》にしずんでいった。

5

椎《しい》・茸《たけ》・対・決

八幡宮寺《はちまんぐう》の鐘楼が、時の鐘を鳴らす。

酉《とり》の刻――今でいう十八時ごろを告げ知らせた。

鎌倉は、天然の要塞と呼ばれる。三方を山にかこまれ、のこる一方の海側からしか侵入路がない。その特殊な地形を活《い》かし、源氏は、ここに軍事都市をきずきあげた。

その中心にあるのが、巨大な直線道路――若宮大路《わかみやおおじ》。鶴岡八幡宮《つるがおかはちまんぐう》寺と由比ケ浜《ゆいがはま》をむすぶ参道である。

参道といってもケタ外れだ。

幅三十三×長さ千三百メートルにおよぶ。現代でいえば、ちょっとした滑走路規模だ。

軍用道路であると同時に、鎌倉にすまう武士たちが、八幡宮寺と、隣接する大倉御所《おおくらごしょ》を、日々あおぎ見、その権威を実感するようになっている。

馬のいななき、教練のかけ声、武具をはこぶ牛車のきしみ……そんな世俗的な喧噪《けんそう》も、御所まではとどかない。

鐘の音にかさなって、石を置く音がひびいた。

置いたのは、ヒゲづらの男だ。

しんしんと冷える板張りの間にもかかわらず、顔に脂汗が浮かんでいる。

対戦相手は、対照的に、すずしげな顔をしていた。

サイコロを振る。

黒い石をすべらせた。ヒゲ男の白い石が、盤からはじき出される。

ふたりが戦っているのは、侑斗が言うバックギャモンだった。

かれらの戦場は、侑斗が吉野で見たような、紙製の即席ボードではない。装飾の凝らされた特製の盤である。コマも、みがきあげられた極上の石だ。

「ま、待ってくれ、景時」

ヒゲ男がギブアップした。

目が宙をおよいでいる。その視線の先をつかまえて、《景時》と呼ばれた男は言った。

「また、地蔵菩薩《じぞうぼさつ》だのみですか？」

追いつめられたヒゲ男は、館に鎮座している仏像を見た。そのことを景時は指摘した。

「何度も言いましたよね？　そこらへんが殿のダメなところだって」

「お地蔵さまにおすがりして何が悪い」

「武運をつかさどる戦《いくさ》の神を奉じてるんでしょ。弓矢八幡《ゆみやはちまん》。そっちをあがめるのが、スジじゃないんですか？」

「武家にとってお地蔵さまはだな……」

「はいはい。殺生する武士は地獄に落ちる。それを救ってくれるんですよね。八幡さんは人を殺す手伝いしてくれて、地蔵さんは人殺しを助けてくれる。ずいぶん都合よくできてますよねえ、神さま仏さまの世界も」

「お、おぬし。仏罰《ぶつばち》がおそろしくないのか」

「仏罰？　言ってることが矛盾してません？　武士ってだけで、もれなく仏罰があたるんでしょ。だから地蔵さんおがんでんでしょ」

景時はあきれて、目をぐるぐる回してみせた。

「論理的にかんがえてくださいよ。気分や雰囲気で行動するから、義経に勝てないんだ。昨日今日スゴロクをならったばかりの私にすらかなわないのは、反省に値しますよ」

石を置き、白い石をはじき飛ばした。

チェックメイト。

ヒゲ男には、もう打つ手がない。詰みである。

「う〜〜〜〜」

うなるしかないヒゲ男に、景時が追いうちをかける。

「降参ですか？　くやしいですか？　私が殿だったら逆転できますけどねえ」

「どうするのだ」

「こうするのはどうです？」

景時は、かたわらにあったコマ石の器をつかんで、盤面にぶちまけた。

白い石の洪水が、黒い石を押しながす。

盤上が白一色になる。こぼれ落ちた黒石が、板の間にころがっていく。

「殿の石だけ残りました。殿の勝ちです」

「バカな！」

　ヒゲ男はあっけにとられた。「それはスゴロクではない」

「しょせん人が決めたルールにすぎません。ルールなんか変えましょう。最終的に勝てばいい。そうやって義経は勝ってきたでしょ」

「おぬし、本当に景時か？」

　ヒゲ男は、小姓がささげていた太刀を抜きはなった。

　刀身が夕陽《ゆうひ》を反射し、光が揺らめく。

　だが、景時は身じろぎもせず、

「反りがふかいですね。この時代に流行《はや》った奥州式ってやつだ。半月刀っぽい。でもそれ、馬上からふるうのに特化されてましてね。近接戦闘には向きません」

「……おぬし、何者だ」

「私なんかどうでもいい。殿が、何者になるかです。義経も奥州も、殿が決着をつけるのです」

　景時は立ちあがり、ころがった黒石を踏みつけた。

「義経たちは、奥州平泉に向かっています。それがゴールだと信じてね。ちょいと面倒な連中もやってきましたが、かれらも助けになってくれる。やつらが平泉にあつまったとき、殿がルールをひっくり返せばいい」

「言ってることがわからん。だが……」

頼朝は首を振りながら、太刀を鞘《さや》におさめた。

「ずっと言っていたな。わしに歴史をつくらせると。それだけは信じよう。おぬしが景時であれ、悪鬼であれ」

「そう来なくちゃですね」

「だが、人の世の理《ことわり》をないがしろにするな。それこそ地獄行きだ」

「あんた、地蔵さんラブなんでしょ。もともと、地獄まっしぐら上等じゃないの。ちがいますか、頼朝さま？」

×　×　×

パチパチはぜる、焚《た》き木《ぎ》の火の粉が、空に舞いあがっていく。

火の粉の先で、太陽が天頂にさしかかりつつあるはずだが、ぶあつい雲のカーテンが、日ざしをさえぎる。

侑斗は舌打ちをした。

「またダメなのか、侑斗？」

デネブの声は気楽だ。

のんびり鍋をかきまぜている彼を、女性たちが囲み、ころころ笑い声をあげている。

「おいしそー」

「味見させてー」

「まだダメだよ。もう少し煮こんでからね。あ、フスマくれるかな」

「はーい」

デネブを囲む女性たちは若い。

たぶん、ほとんど十代だ。みんな剃髪《ていはつ》している。その中に混じって、静もおなじく笑っている。

むすっとしているのは、侑斗と、そばにヒザをかかえてヒマそうに弓の弦をはじいている鬼だけだ。

「侑斗、それは何の遊びだ？」

「遊びじゃない」

「デネブにメシつくらせて、あんたは棒立てて遊んでる」

「だから遊びじゃない。おもしろくなかったら見るな」

イライラと侑斗は言った。

雲間から、太陽が一瞬だけ顔を出した。

あわてて地面に印をつけようとしたが、すぐに太陽は隠れ、棒の影はぼやけていく。

「ちっ」

侑斗は、また舌打ちした。

冬場の日時計はむずかしい。太陽の角度がななめる。ぶあつい大気が光を拡散し、影をぼやけさせる。

うらめしく腕時計を見る。

海中に没し、動かなくなったデジタル時計の画面は、乾いて復活していた。00：00という黒い数字全体が点滅して、『早く合わせて～～』とうったえている。けど、キャリブレーションするすべがなかった。

今何時？　そうねだいたいね……。その手がかりは、どうしたら得られるのか。

日時計は意外と正確――という話は、小学生のころに聞いて印象にのこっていた。けど、どうすれば較正《こうせい》できるのかわからない。（ちゃんと勉強しとけよ！）と小学生の自分にツッコみたい。中途半端な知識がうらめしい。いっそ何も知らなかったほうがスッキリする。

どのみち、明日を期すしかなさそうだ。

侑斗は、棒を地面に深く差しなおした。

鬼とデネブが、同時にのんきな声をあげた。

「はらへったなー」

「ごはんできたよー」

デネブが、なにやら煮こみを持ってきた。

「ご飯にかけて食べてみて」

「おいしい！」

「うまい！」

静や女性たちの歓声があがった。鬼までが、目を丸くしてかっこんでいる。

さすがに侑斗も気になって試食した。

あんかけご飯みたいなものだが……。

「麻婆豆腐《マーボどうふ》……いや、カレーか？」

色は緑に近いし、ほとんど辛みもない。

ここはお寺なので、肉をつかわないのはあたりまえとして、具は豆腐と、砕いた豆だけだ。それでも、なぜかカレーみたいな風味があった。

「あ、わかった？　カレーめざしてみたんだ」

「カレーって、スパイスってやつでつくるんだろ。この時代の日本にあったか？」

よくぞ聞いてくれました！

とばかりに、デネブは得々と語りだした。

「あったんだよ！　だからカレーつくれるかなと思ったら、漢方薬を料理につかっちゃダメって言われるし、ネギ採ったら、お寺の人に怒られるし。でも奇跡が起きたんだ。『セリならどうぞ』って言ってもらえて。基本スパイスってセリ科が多いんだ。セリとミツバのタネと、あとカラシと山椒《さんしょう》のタネ分けてもらえた。タネなんかどうするのって、ふしぎがられた。セリのタネって、発芽率がよくないから、使い道ないんだって。葉っぱ以外は捨てるんだって。もったいないね。それで、ベンケーシーにおしえてもらったゴボウのすりおろしでコクと甘み出して、フスマでとろみつけて……」

くどくど、くどくど。

デネブはしゃべりつづけている。

こちらは興味がないうえに、半分もわからない。フスマ？　紙でも入ってるのか？

カレーがあまり得意ではない侑斗だが、黙々と食いつづけた。これはうまい。認めざるをえない。たとえ紙が入っていたとしても。

「デネブさん、こんな美味《お》しい料理がつくれるのね。なにがいちばん得意なの？」

静が聞いた。

「シイタケ料理！」

デネブは即答した。

つぎの瞬間、「あ、いや……」と言葉をにごす。侑斗のジト目を感じたのかもしれない。「この時代ではシキタケっていうんだよね。シイタケとシキタケは別だ。うん、ぜんぜんちがう」

「ちがわないだろ！」

と、デネブにヘッドロックをかましはじめたとき、

「私も、弁慶さまの評判の料理をいただきたいものね」

つめたい声が聞こえた。

三十がらみの女性が、お付きをしたがえ、しずしずと庭にやってきた。

「典座《てんぞ》さま」「典座さま」

お寺の女性たちがかしこまる。

〝典座さま〟は、組んずほぐれつ状態の侑斗とデネブに、ひややかな一瞥《いちべつ》をくれると、デネブのカレーをひとさじ口にふくんだ。

左の眉がぴくりとあがった。

「五葷《ごくん》ですね」

「ゴックン？」

「五葷をつかわずに、こんな味はつくれません」

典座は周囲の女性たちを見わたした。「あなたたちは御仏の道をあゆみたいのですか、それとも悪魔の道を行きたいんですか」

若い女性たちが、しおしおとうなだれた。

「ゴックンなんかないよ、テンゾー」

デネブが侑斗の絞め技を振りほどいて抗議した。「ニンニクとネギを炒《いた》めようとしたら、この子たちがゴックンだって止めたんだから」

「弁慶さま、これ以上、私を失望させないでください」

典座は表情を変えず、眉だけ上げてみせた。

「若い比丘尼《びくに》たちはさておき、比叡山《ひえいざん》で修行したあなたは知っているはず。御仏が五葷をさだめたのは、修行のさまたげになるからです。どの食材がよくてどれが悪いかじゃありません。そんなことを言ったら、抜け道をさがすだけになってしまう。修行のさまたげはすべて五葷！　現に比丘尼たちが修行を忘れているではないですか。あなたは彼女たちの若さにつけこんで、戒律をやぶらせようとするのですか」

「つけこむって……」

「これは悪魔の料理です」

「悪魔の料理……！」

デネブはショックを受けた。

「あなたたちがここにいること自体、私たちの修行を台なしにしているんです。義経さま、弁慶さま」典座はつめたく一同を見わたした。「代官たちが、あなたがたがあらわれたら報告しろとうるさく言ってきています。私たちは俗世間から離れるために出家したっていうのに、あなたたちが俗世間をお寺に持ちこんできた」

「誤解があるようだ。俺たちは義経でも弁慶でもないぞ」

「同じです。そうであってもなくても。こちらの静さまは、義経さまのご愛妾《あいしょう》だそうですね。静さまがここにいらっしゃるだけでも迷惑なお話です」

「………………」

「小耳にはさんだところ、あなた、シキタケ料理が得意とおっしゃいましたね」

いきなり話題が変わった。

「明朝つくっていただきます。私もつくります。ちょうど、シキタケを持ってきてくださったそうですから」

「は？」

「私の料理とくらべて、あなたがたが悪魔かどうか、判断いたしましょう」

言いのこし、典座は去っていった。

呆然《ぼうぜん》と見おくって、一同は声もなかった。

「……料理対決の申しこみってことか？」

「さあ？」

「デネブさん、あなたのお料理ならだれにも負けません！」

静がガンバ！　のポーズをつくった。

応援されたデネブ以下、一同は顔を見あわせるだけだった。

×　×　×

夜半。

薄ぐもりの冬空を見あげ、侑斗は目をこらした。

さがしているのは北極星《ほっきょくせい》だ。

北斗七星《ほくとしちせい》でもいい。北の方角さえわかれば、日時計に子午線が引ける。

日本時間の正午というのは、兵庫県明石《ひょうごけんあかし》で、太陽が子午線を通過する時刻だ。

明石が東経一三五度で、東京が一四〇度くらいだから、ここはその中間として一三七度くらいだろう。地球一周が三六〇度、一日二四時間＝一四四〇分。経度が一度ちがうと、南中時刻は四分ズレる。

日時計に子午線が引け、明日、南中がつかまえられれば、約八分の誤差で時刻がわかる。時の駅の扉を開け、デンライナーに助けをもとめるには、正確な時計が必要だ。

八分ズレてる時計なんて、正確にはほどとおい。

それ以上の精度に追いこむのは、いまの自分の力量では無理だ。

それ以前に、雲は晴れず、北極星を宿すこぐま座は、姿をあらわしてくれなかった。

侑斗は地面に寝ころんだ。

冬だというのに、ふしぎと寒くはなかった。

この時代が温暖ですくわれた。

防寒着は調達できても、体の馴化《じゅんか》がついていけない。なんとかなってるのは、現代ほど寒さがキツくないからだ。なにしろ、アジサイの咲く〝入梅〟から、雪の季節へジャンプしたのだから。

（ニューバイ。太陽が黄経八十度を通過する日です。太陰暦では……）

とつぜん、デンライナーのオーナーの声が脳内で再生された。

（待てよ！）

ふと気づいて、侑斗ははね起きた。

この時代にも暦がある。

暦があるなら、暦学の専門家がいるはずだ。暦学とまでいわずとも、方位くらいわかる人間が。

暦算天文学と、測時法——ホロロジーは紙一重だ。

たしか、古代エジプトで天文学が発達したのは、日時計の不備をおぎなうためだったという。太陰暦なんてチンプンカンプンだが、天体の運行と時間を結びつける方法論ということでは、いま自分がやろうとしてるのと変わらない。

よし。明日、寺の者に聞いてみよう。

そう思いさだめたとき、

「侑斗っ」

ささやき声がした。

見ると、デネブが地べたに這《は》いつくばるようにして、こちらを手まねいている。

「どうした」

「しっ」

デネブは辺りをうかがいつつ、カサカサとムカデのように匍匐《ほふく》前進してきた。

「侑斗、逃げよう」

「逃げる？」

侑斗はあきれた。

「料理対決にビビったのか？　俺はシイタケ食わないから関係ないけど」

「シイタケ料理なんてできないよ」

「それでいいんだよ。俺が前から言ってたとおり……え？　なんで？」

「源兵衛のシイタケは使えない。源兵衛の命だ。それに料理は愛情だ。料理で対決なんかしちゃいけないんだ」

「弁慶と対決しようって盛りあがってたくせに……」

軽口をたたきかけて、侑斗は言葉をのみこんだ。

デネブの顔が、思いのほか真剣だったからか。それとも、自分自身の無力さを、思い知らされたばかりだったからか。

それとも。

侑斗は、まっすぐにデネブの目を見すえた。

「デネブ。対決しろ。シイタケ料理をつくれ。あのオバサンに勝て」

「できないよ」

「やるしかない。勝負から逃げたり負けたりしたら、オバサンは静のことを通報する。あれはそういう脅しだ。俺もまだ本調子じゃない。いま静たちを連れて逃げるのはキツい。静を守るのがミッションだって言ったのは、デネブ、お前だぞ」

「………」

ちがう。

侑斗は首をふった。

自分が言いたいのは、そんな理屈じゃない。

言いなおした。

「言っておく。お前の料理はうまい。めちゃくちゃうまい。あのオバサン……、カレーのどこが気に食わなかったのかしらないが、スパイスなんかなくたって、愛情ってやつが、たっぷり振りかけられてる。悪魔の料理だなんて言われっぱなしなのはゆるせない」

「………………」

「対決っていってもフェアじゃない。審判するのはオバサンだからな。だが、お前の料理は負けない。ギャフンと言わせてやれ！」

「そうだね！」

夜目にもデネブの顔が明るく輝いた。「侑斗、お腹空《なか》いてるよね。夜食つくるよ。もう夜の九時だ。お寺の決まりってツラいね。午後は食べちゃいけないなんて」

「俺は大丈夫だ」

「そう？　じゃ、源兵衛に相談してみる！　シイタケ分けてくれるといいけど」

来たときのコソコソとは一転して、踊るように駆けもどっていくデネブを、侑斗は苦笑して見おくった。

（俺はシイタケ食わないから関係ないけど）

こっそりと言い、空を見あげた。雲の晴れ間から、降るような星が、姿を見せはじめていた。

×　　×　　×

一夜が明け、料理対決がスタートした。

対決といっても、舞台は地味だ。寺の庫裏《くり》だからあたりまえだ。

しかし、場にみなぎっている緊張感は異常だった。

若い尼僧たちは、一様に目をおよがせ、顔をこわばらせている。

ガタガタと脚をふるわせている者までいた。まるで彼女たちが死刑を宣告される裁判でもひらかれるかのようだった。

すずやかな顔をしているのは、静と鬼だけ。

横にすわった鬼が、侑斗に顔を寄せてささやいた。

「宿房をあんたら男どもが占拠しちまって、静さまを尼さんたちと寝かせるハメになったのは不満だったけどな。おかげで話が聞けた」

「話？」

「この寺を実質的にとりしきってるのは、あの典座なんだってさ」

「典座って料理係だろ。なんで料理係が権力にぎるんだ」

「逆らしい。高貴の出で、もともとだれも文句言えなかった。あげく、宋で流行《はや》ってる禅ってのにかぶれて、典座を買って出たんだって」

「権力者の趣味ってやつか……」

侑斗は腕をくんだ。

鬼の前だからカッコつけてみたが、首すじを冷や汗がつたった。

ヤバい。

縁故であまやかされてきた人間が、実力でのしあがるライバルをつぶそうとするのは、世のパターンだ。対決しろだなんてデネブをあおったのは、うかつだったかもしれない。

「鬼」侑斗はささやいた。「スキを見て脱出するぞ」

「ああ」

「この勝負、どっちが勝っても負けても、あの典座、代官に通報する」

「だろうね」

鬼はのみこんだ。

むしろ、鬼のほうが先に状況を読んでいたのかもしれない。

典座が昨日のデネブカレーにナンクセをつけてきた時点で、リスクに気を回し、彼女の背景をさぐろうとしたのなら相当なものだ。

何食わぬそぶりで座を見つめている鬼の横顔を、侑斗はあらためて見た。

ほっそりした小柄な体は、現代でいえば小学生くらいにしか見えない。実年齢も、十

四、五にしかならないだろう。

でも、彼女は、すでに侑斗などより大人なのかもしれなかった。この時代では、一人前あつかいされる歳《とし》なのだ。男なら元服し、女なら嫁に行ってもおかしくない。

「ませガキが」と反発をさそってはいた。年上にタメ口、知ったような上から目線、鬼なんていう〝DQN《ドキュン》ネーム〟を自称してるところなどなど。そんな見かたを変えないといけないかもしれなかった。

座に、さらなる緊張が張りつめた。

典座が、お椀《わん》をささげもって厨房《ちゅうぼう》から出てきた。つづいてデネブも。見よう見まねで、お椀をささげもっている。

ふたりは、お椀を、上座の静の膳に置いた。

手つだいの尼僧たちが、一同に二種の椀を並べていく。

「開けてください」

みずからも座りながら、典座が宣言した。対決のはじまりだ。

侑斗も、前に置かれた二種の椀のフタを開けた。

シイタケ料理対決だ。侑斗は食べない。食べないが、見てみたくはあった。ふたりがどういう料理をつくったか……。

「これは……」

あっけにとられた。

容器は二つとも、まったく同じ。漆塗りの木の椀。

しかし、中味は対照的だった。

かたや、具だくさんにこんもりしている。

根菜を中心に、食材のてんこ盛り。煮しめに見えるが、この時代はまだ醤油《しょうゆ》がないのか、全体が茶色に染めあげられているということがない。それぞれの食材が、それぞれの色を主張しあい、まるでパフェやあんみつのように、目に美しかった。

かたや。

こっちは、見るべきものがなかった。

お椀に入っているのは、ただのお湯。具ひとつないから、スープですらない。

料理二種が来るかと思ったが……。

侑斗は混乱しつつ、お湯のほうのお椀を手にとった。シイタケは食べないが、白湯《さゆ》ならいいだろう。冷え冷えした朝だった。

ひとくち口にふくむ。

ほう。

侑斗は嘆息した。

馥郁《ふくいく》とした香りが鼻腔《びこう》にひろがった。

白湯ってこんなにおいしいものだったのか。水が甘い。かすかに塩分を感じる。さすがにお寺の水。まさしく甘露だ。侑斗はひとくち、もうひとくちと、お湯を飲み干した。お椀を膳にもどしたときには、体があたたまり、緊張がほぐれ、幸せな気持ちになっていた。

そんな平和な気分をやぶったのは、がさつなデネブの声だった。

「テンゾー、おいしいよ！」

デネブは、がつがつ煮物を食いながら、

「このクワイ、キレイな黄色だね。どうやったの？」

「クチナシを使ってみましたが……」

「そうか！　ターメリックのかわりにクチナシを使う手もあるね。ウコンは薬だからダメって、分けてもらえなかったんだ。今度ためしてみよう」

「そんなことより」

典座は眉間をけわしくし、

「あなたの料理は？　まさか、このすまし汁がそうだと言うんじゃないでしょう」

「料理のつもりだけど」

「これが？」

典座の眉があがった。「私はシキタケ料理を、とお願いしたはず。戻し汁をあたためただけでは、料理と言えません。いえ、何か加えられていますね……」

「味噌《みそ》の上ずみだよ。グルタミン酸が、シイタケのグアニル酸とあいまって、旨《うま》みアップするんだ」

「何言ってるのかわかりません。戻したシキタケはどうしたのです」

「とってあるよ、もちろん。あとでテンゾーが使うといい」

「あなたが使えばいいでしょう。これでは試験になりません」

「それがイヤだ」

デネブは、典座をまっすぐ見て言った。

「こんな対決したくない。料理っていうのは、食べる人のためにつくるものだ。勝ち負けなんてかんがえてつくったら、自分のためになってしまう。そんなの料理じゃない」

「…………」

「あと、戻してみておどろいたんだ」デネブは頭をかいた。「源兵衛のシイタケは最高だ。お寺の井戸水もいいね。戻し汁だけでも、じゅうぶん料理になる。そのほうが、源兵衛のシイタケのよさが、テンゾーにわかってもらえるんじゃないかと思って」

デネブは、いきなりガバとひれ伏した。

「源兵衛！　すまない！　俺、お前のシイタケを見くびってた」

末席にいた源兵衛はあわてた。「い、いや……そんな、デネブさん」

デネブはあらためて典座に向きなおった。

「女の子たちにキッチンで聞いた。テンゾーはだれより料理がうまいって。中国の本を、いっぱい読んで勉強してるって。源兵衛は、シイタケを中国に売りたがってる。テンゾー、頼む。源兵衛の力になってやってくれ」

ふかぶかと頭を下げた。

「………」

典座は応えなかった。

デネブは頭を下げつづけた。

「私は」ようやく典座が口を開いたとき、その声はカサカサに乾いていた。「この汁を、シキタケ料理とみとめることはできません。料理とすら呼べない。どんなにおいしくても、実がなくては完成品にならない。あなたのいうように、これが『料理対決』だとしたら、あなたの不戦敗です」

しばらく意識が飛んでいた侑斗は、典座の言葉の最後のブロックだけ耳に入った。覚悟していた展開とはいえ、目の前がさっと暗くなった。

典座は言葉を継いだ。

「ただし、料理ではないとしても、このすまし汁は、仏の御心にかなっています」

「テンゾー」

「あなたは、料理は人のためと言いましたね。でも、人が食べたがる料理を、食材が手に入らなかったり自分の技量がおよばなくて、つくれないこともある。あるいは、自分自身が飽きてしまって、つくりたくないこともある」

「そのとおり！　だけど……何の話？」

「料理は人のためである前に、自分自身の映し鏡だということです。シキタケの戻し汁に味噌の上ずみ――唐国の書物にもそんな工夫はありませんでした。そこにあなたがいる。なのに、汁の実を加えないことによって、あなた自身を消しさった。諸法無我《しょほうむが》、涅槃寂静《ねはんじゃくじょう》。これぞ仏の境地！」

「テンゾー、あの……」

「聞けば、昨日の料理は天竺《てんじく》直伝というではありませんか。私ごときのおよぶところではありません。釈尊《しゃくそん》は断食明けに、善生《ぜんしょう》がささげた汁で生気を取りもどし、悟りをひらいたとのこと。汁こそ仏道の出発点。デネブとやら。いえ、デネブさま。なにとぞ私をお弟子に！」

×　　×　　×

それからというもの。

典座は、デネブに四六時中つきまとい、料理の心得をせがみつづけた。

彼女が寺の実力者だという、鬼の情報はただしかったらしい。侑斗や静たちにたいする寺の態度は一変した。エコノミークラスからファーストクラスにアップグレードされた。

最初こそ、ヘキエキしていたデネブも、じきにまんざらでもなくなってきた。アクセスを禁止されていた漢方薬が使い放題になり、料理のバリエーションがひろがったからである。

「おいしい！」

「うまい！」

例によって女性たちがさわいでいる。その中心にいるのは典座だ。

侑斗はイライラした。

あいかわらず、日時計と悪戦苦闘している。

誤差三分前後まで追いこめたとは思う。ここ一昼夜、北極星を見つけたりして天体観測が進んだのと、あつかいがよくなって、寺の地図を見せてもらえ、経度の見こみがついたからだ。どうやら後代の長野《ながの》県、松本《まつもと》付近にいるようだ。

けど、精度をこれ以上あげる手だてが思いつかない。自分の知識がいかにとぼしかったか、その現実を突きつけられつづけている。

日時計をほうりだし、かわりに、デネブがふるまっていた料理を口にほうりこんでみた。

「すっぱ！」

侑斗は顔をしかめた。

「切り干し大根のザワークラウト風。キャベツじゃないけど、しっかりドイツ流の味つけになったよ。キャラウェイがあったんだ！」

「ヒメウイキョウのことですね」

弟子然とデネブにかしずいている典座がフォローする。

「日本じゃ、たいていクミンで代用するから、なんちゃってザワークラウト味になりがちなんだけど。すごいよ。こんなにスパイスやハーブがそろってるなんて」

「すごいのはデネブさまです。天竺よりさらに西の料理までご存じだなんて。きっと西方《さいほう》浄土《じょうど》ですね」

「これだけのスパイス、どこで売ってるんだ？」

「近くのお寺の典座さまが、分けてくださるのです」

若い尼たちが、くすくす笑いはじめた。

「等活寺《とうかつじ》の典座さん、とっっっってもカッコいいんですよぉ！」

「うちの典座さまと並ぶと、美男美女で、お似合いでぇ。絵姿みたいなんですぅ！」

「あなたたち！　それが御仏につかえる出家の言葉ですか！」

典座が阿修羅《あしゅら》化し、尼僧たちはきゃあきゃあ叫びながら逃げ散った。

「うちの子たちと来たら……」

ため息をつく典座の表情が愁いを帯びる。若い尼たちの未熟ぶりをなげいているというには深刻すぎる顔に見え、侑斗は聞いた。

「何かあるな」

「え？　いえ……近ごろ、そのお寺に不審な噂《うわさ》がありまして」

「不審な噂？」

「死体をあつめている、と」

「死体を？　寺が？」

「ええ」

不気味な物言いに、侑斗はちょっとブルった。「どういうことだ。合同葬式でもやろうってのか」

「さあ。墓を掘りかえして、死体を寺に運び入れているとか……。何か特別なご供養でもなさろうとしているのかと思ったのですけど、だんだん大げさになってきて、寺僧が里におりて村人をころしているという噂まで……。異常すぎて、にわかには信じがたい話ですが」

「それは」

異常と言って済ませられるレベルじゃない。

「死体をあつめる理由はなんだ。あんたが接触している向こうの典座は、なんて言ってる」

「ここ数週間お姿が見えなくて……こちらから使いをやるのもはばかられ……」

典座は口ごもり、顔は憂慮にしずんだ。

大根の酢漬けの話題だったはずが、あらぬ方向に飛んでしまった。

「侑斗。それって——」

「例のゾンビ兵と無関係とは思えないな」

「もしかして、そのお寺にイマジンのボスみたいのが……」

侑斗はデネブとうなずきあった。

自分の体をまさぐってみる。大丈夫。ダメージからは、ほぼほぼ回復している。

戦える。

鬼を呼んだ。「その寺の様子をさぐってくる。静と源兵衛を連れて、すぐ出発しろ」

「あんたたちの帰りを待つよ」

「万が一の用心だ。梶原景時ってのは、たしか頼朝の右腕だったな」

「鎌倉方の侍大将だが……」

「例の死人兵どものうしろで糸を引いてるのが、景時ってヤツらしい。そいつがその寺にいるかもしれない。いたら俺たちが叩《たた》く。でも、下手《へた》を打ったらヤブヘビになって、静が近くにいると知られる。すこしでも距離をかせいでおいてくれ」

「その寺が死人兵の巣窟か？」鬼の目が見ひらかれた。「そんな危険なとこに、わざわざ飛びこむな。あんたたち、静さまを守りに来たって言ったろ」

侑斗は頭をかいた。

「デネブはそう言ったが……。ちがうんだ。こうなっちまったのはなりゆきで、具体的な目的なんかなかった。それどころか、俺たちは、お前たちに深入りしちゃいけないんだ。でも、死人兵みたいなやつ——この時間にいちゃいけないやつらを、倒すのが俺たちの役目だ。そのために呼びよせられたのかもしれない。縁ってやつかな」

「………」

鬼は押しだまった。

目を輝かせたのが典座だった。

「等活寺に行ってくださるなら……典座さまのご無事もたしかめてくださいますか？」

「わかった。向こうの典座、なんて名だ？」

「存じません」

「知らない？　なんで」

「宗派がちがいますので」

「そんなの理由になるか」

「……私も、一度も名前を聞かれませんでした。聞かれもしないのに、名のることはできません。ましてや男の方のお名前を聞くなんて」

「そうか」

ここは尼寺だった、と侑斗は思いだした。男女のまじわりには、自分の知らないルールがあるのだろう。そう合点して、ふと鬼の顔に目がとまった。

鬼は体を硬直させ、もともと大きな目を、さらに見ひらいていた。

6

▼

冬<small>とう</small>・虫<small>ちゅう</small>・夏<small>か</small>・草<small>そう</small>

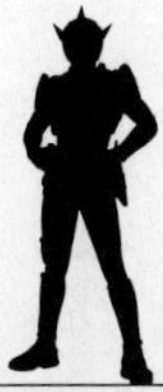

死体をあつめている寺……。

侑斗は何回目かの身ぶるいをした。

冷静になってみれば——というか冷静になれないのだが——不気味なことこの上ない。

信心の持ちあわせなんかない侑斗でさえ、冒瀆《ぼうとく》のひびきを感じる。

見た目は、いたって平穏な寺だった。

ぐるっと遠まきに一周して偵察した。侵入路としては、立ち木の多い多宝塔《たほうとう》のあたりがよさそうだと見さだめた。

「ここから行くか」

侑斗はデネブにささやいた。

デネブが提案した。「俺が侑斗に入ろう。そっちのほうが身軽にうごける」

「断る」

「えー、なんで?」

「忘れてないからな。俺をだましてシイタケ汁を飲ませた」

「だましてなんか……」

「言わなかったんだからおなじだ」

ぶつぶつ言いわけするデネブをほったらかし、侑斗は、塀をひらりと乗りこえた。

境内に入り、周囲に目をくばるが、人っ子ひとり見あたらない。

とおくから、ガヤガヤと人声が聞こえる。

どうやら本堂の方角だ。立ち木に身を隠しながら近づいていった。

（妙だな……）

進みながらも、胸の奥で、じりじりするものを感じた。

背後でドサッと物音がして、侑斗は身がまえた。デネブが、えっちらおっちら塀を乗り越え、ぶざまに落ちただけだった。

「なんだ、ここ……？」

デネブが驚いた声をあげたのは無理もないが、「バカ！」侑斗は抑えた声で叱責した。

無秩序。

境内に、柄杓《ひしゃく》だの箒《ほうき》だの、道具類が散乱している。袈裟《けさ》だか経文だかの切れ端が、木にからまって、風にはためいている。

蓮池《はすいけ》は落ち葉でおおいつくされ、玉砂利は乱れにみだれている。点在している大八車のような荷車は、もしかしたら死体を運搬してきたのかもしれない。それすらも、何台かは横だおしだ。

一見すると荒れ寺。

人声は、ひっきりなしにつづいている。人がいるなら、こうも荒れるはずはないのに。

しばらく警戒モードで身を伏せたが、だれにも気づかれた風はなかった。ふたたび進みはじめる。

本堂らしき伽藍《がらん》に接近した。

人声は本堂ではなく、渡り廊下でむすばれている小ぶりなアネックスから聞こえていた。

大師堂《だいしどう》というやつだろうか。

侑斗が裏手に回りこみ、堂の中をうかがうまで、まったくノーマークだった。

そのころまでには、人声が、経だかなんだかを唱えているのだとわかっていた。

寺にあって、読経の声が聞こえるのはふしぎもない。

だが、唱和ではなかった。てんでばらばらに唱えているのである。ある声は詠みつづけ、ある声は途切れ途切れに。これも無秩序だった。

なにが起こっている……?

暗がりに目が馴《な》れ、堂の中が見えてきた。

見えても、にわかには理解ができなかった。

仏像がうごいている。

千手観音像《せんじゅかんのんぞう》のような、阿修羅像《あしゅらぞう》のような。無数の顔、無数の手がうごめいている。

しかも巨大。高さ三メートルはあるだろう。須弥壇《しゅみだん》に鎮座するどころか、堂いっぱいにひろがっている。

「うっ」

状況を見てとったとたん、侑斗は吐き気をもよおした。

それは仏像ではなかった。

先ほどから鼻をついていた臭気がしめすとおり、死体の山だった。

読経の声は、その山からひびいている。

「侑斗、あれは……？」

追いついてきたデネブがささやく。

「ゾンビ兵の一種だと思う」

「なんでゾンビがお経あげてるの」

「生きてる坊主が混じってるんだ」

「あの中に？」

聞くなり、デネブが飛びだした。制止する間もあらばこそ。

「テンゾー！　男のテンゾーはいるか！」デネブは声を張りあげながら、堂に駆けいった。「いたら返事してくれ。女のテンゾーが心配してる！」

侑斗も仕方なくつづいて堂に入った。

読経の声がやんだ。

あらためて見ると、それは人体によって織りなされた、クリスマスツリーのような物体だった。

折りかさなった人体を、縦横無尽に走る触手のようなものがつなぎとめ、一体となっている。下のほうは重量に押しつぶされ、じくじく真っ黒な液体をしみ出させている。腐敗ガスのにおいがたちこめる。

山の中で、何人かがきょろきょろ声の主を探す動きがあった。

おそらく四、五人。多くても十人に満たない。かれらもほかの死体とおなじく、触手に体をつらぬかれて、拘束されているようだった。

だが、一瞬後には静寂はやぶられ、ふたたび読経がはじまった。まるでデネブたちなど見なかったかのように。

「生きてるやつは助けてやる！」

侑斗も声をかけた。

「助ける？」

だれかが、はじめて反応した。

侑斗は声の主をさがした。

「そうだ。俺たちはそのために来た」

「通達寺《つうだつじ》の典座《てんぞ》の使いか？」

声の主は、僧形の若い男だった。

彼がとらえられているのは、死体ツリーの上部なので、死体といっしょくたになってはいても、押しつぶされてはいなかった。血にまみれているが、端整な顔だちは隠しようがない。

デネブが手を打った。

「お前が男のテンゾーか？　生きててよかった！　女のテンゾーに言われてきたんだ！」

侑斗は、デネブのようには喜べなかった。

若い男の表情は、この状況に似つかわしくなかった。

苦痛に歪《ゆが》むどころか、歓喜にふるえているようにさえ見えた。吐き気にむかついていた胸の中に、ふたたび焦りのような予感がふくれあがっていく。

それを振りきろうと、侑斗は言った。

「あんたたちを助けたい」

「どうして？　わたしたちは、まさに救われようとしているのに」

「何が起こってる」

「奇跡が起きたんだ」

男は目を閉じた。

「示寂《じじゃく》された老師がよみがえった。生き仏となられたのだ。老師は私たち僧を包摂《ほうせつ》されはじめた。もろもろの仏国《ぶっこく》を超える密厳浄土《みつごんじょうど》へとみちびいてくださるのだ。上求菩提《じょうぐぼだい》、下化衆生《げけしゅじょう》。すべての民を救うのが老師の菩提心《ぼだいしん》だった。その御心に添い、私たちは村人たちの遺体をあつめた」

「マジだったのか、村人をころしてまわっているという噂《うわさ》は」

「ころす？　この奇跡を聞いて、老師とともに浄土で生きたいと願う者たちがあつまっただけだ」

「つまり……」

侑斗の頭がホワイトアウトした。

海の底で走ろうともがいてるかのように、思考が回らない。

「死んだ老僧が怪物となって、人間をエサにしはじめた。それを、あんたらは、生き仏になったと思いこんで、エサを供給した。死体だろうが、生きてる人間だろうが、おかまいなく。そして最後には、自分たち自身をエサとしてささげた」

「…………」

「なにが生き仏だ。見てみろよ！　そうしてできあがった、あんたたちの体を。どう見たってバケモノだろうが！」

「凡夫《ぼんぶ》に報身《ほうじん》の姿はわからん」

男は瞑目《めいもく》した。

「われわれ未熟者が成仏するには、磐石劫《ばんじゃくこう》、芥子劫《けしこう》の歳月がかかる。北の国では、木を食べ漆を飲む、即身仏行がおこなわれていると聞くが、そんな荒行、わたしたちにはとうてい無理だ。老師はそれを易行としてくださった。ありがたいことだ」

男は読経を再開した。

「あんたら……」

（カン違いしているんだ）

その言葉を侑斗は飲みこんだ。

いまさら言っても詮方ない。

侑斗の迷いを断ち切ったのは、デネブだった。

「侑斗、男のテンゾーを助けよう」

「手遅れだ」

「やってみなきゃわからない！」

「……そうだな」

覚悟を決めた。侑斗はゼロガッシャーを抜きはなった。

生きている人間を、この化け物のカタマリから切りはなす。

手はじめに、死体だけの部分に斬りかかった。

死体ツリー全体が、びくりと身じろぎし、すさまじい絶叫が起こった。

「ぎゃああああああああっ」

「ああああああああああっ」

斬ったのとは、まるで離れた場所に拘束されている人間たちが悲鳴をあげていた。若い僧形の男も。

(そうか、本体がある)

侑斗はさとった。

これは、ただの死体の山ではないのだ。

見た目だけではなく、本当にクリスマスツリーのような構造なのかもしれない。幹があり枝があり、枝に人体が突き刺さっている。どこかを傷つければ、本体が反応し、末端に体をつらぬかれている人間たちにもダメージをあたえる。人間を人質に取られてるようなものだ。

侑斗がひるんだところに、死体ツリーが立ちあがった。

天蓋《てんがい》というのか、堂の天井からぶら下がっているシャンデリアみたいなやつをぶち壊しながら進んでくる。

足があるでもない、手があるでもない。ツリーを構成する、それぞれの死体が連携し、蠕動《ぜんどう》し、進む。

人体の破片や、臓器の残骸をまき散らしながら。

現実とも思えず、呆然《ぼうぜん》とした侑斗に、化け物の大きな枝が襲いかかった。

「侑斗っ！」

デネブが指から連射して応戦した。

侑斗は我にかえった。

死体ツリーの攻撃をかわしながら、デネブを必死で止める。

「銃撃はやめろ！」

「でも」

「どこに生きてるやつが埋もれてるか、わからない」

「じゃ、どうするんだ！」

「本体を倒す。援護しろ」

ふたたび襲ってきた死体の枝を切り落とし、侑斗は、踏みこんで剣を振るった。太い幹の部分に斬りこむ。

死体しかないように見える部分だ。

というか、生きながらこの部分に取りこまれた人間がいたとしても、とうに圧殺《おしころ》されているだろう。侑斗はそこを、三十センチばかり削りとった。周辺の死体が反応して、応戦してくるのを牽制《けんせい》し、また踏みこんで斬る。それをくりかえした。

息があがってきた。

斬っても斬っても、本体などあらわれなかった。

だんだん焦りをおぼえてきた。

幹っぽい部分に斬りこめば、本体にたどりつけるんじゃないかと直感していた。本体にダメージをあたえさえすれば、全体の動きを止められるのではないかと。

甘かった。

侑斗が削りとった空隙は、たちまちぐじゅぐじゅと、周りの死体が埋めていく。

クリスマスツリーを連想したのが、まちがいだったのかもしれない。

木のような形をしてるからといって、木とおなじ構造とはかぎらない。

サンゴの群体も、樹木のような形になる。樹状サンゴに〝本体〟などない。すべての部分が本体だ。このバケモノもそういうものかもしれない。だとすると……。

「うわっ！」

うしろから悲鳴が聞こえた。

二人羽織《ににんばおり》状態で侑斗をまもっていたデネブが、切り落とした死体の破片に襲われている。

吉野でも似た現象を見た。死体は、一部になっても〝生きて〟いる。予期すべきことだった。

「侑斗、変身だ！」

デネブがわめいた。

「だめだ。ゼロノスじゃパワーがつよすぎる。生きてる連中を助けるには、ちょっとずつ刻むしかない。なんとか持ちこたえろ」

「でも、こんなゾンビの山が相手じゃ」

「〝ゾンビ〟じゃない」

侑斗はさとった。

「もっと早く気づくべきだった。死体がうごいてるから、ゾンビみたいなもんだと思ってたが、ちがう。何かに寄生されてるんだ」

「冬虫《とうちゅう》夏草《かそう》みたいなやつか！」

デネブも戦いながら叫んだ。

「トーチューカソー？　なんだそれ」

「女のテンゾーに見せてもらった。たっかい漢方薬なんだって。冬は虫だったのに、夏にキノコになる。それで冬虫夏草。ヘッケイのゾンビやコイツに似てた」

「虫に寄生するキノコってことか……？」

「あ、キノコっていっても、特別なキノコだよ。シイタケとはちがうからね」

あわててデネブがフォローする。が、侑斗は聞いていなかった。

頭の中がぐるぐる回っていた。

虫に寄生するキノコがあるなら、人間に寄生するキノコがあってもおかしくない。

菌類であるキノコは、動物や植物とは別種の進化を遂げた寄生生物である。われわれが〝キノコ〟と呼ぶ物体は、胞子をばらまくための子実体にすぎず、本体は菌糸。

まさか……。

侑斗は、目の前でうごめいている死体ツリーを見なおした。

樹状のボディ全体を、網の目のように走る細い触手。あれが菌糸で、キノコの本体だとすれば、斬っても斬っても倒せるわけがない。

でも、ほんとの問題はそこじゃない。

これは、一種の生物兵器だ。

死体に寄生している生物の正体が、キノコであれなんであれ、この事件は、人の意志で引きおこされている。

梶原景時とやらが、糸を引いている。海で遭遇したように、イマジンもからんでいる。

景時というのは、義経のライバルとして有名な人物だ。義経らにちょっかいを出す動機はあるだろう。でも、そうしたピンポイントな目的に、生物兵器は適さない。現に、この寺に〝生き仏〟が発生したからって、景時やイマジンにどんな利があるというのか。

何が起こってる？　敵は何をしようとしてる？　そもそも敵とはだれなのか？

戦いの最中にかんがえるべきことではなかった。

たちまち、その報いが来た。

侑斗の剣がにぶった隙をついて、死体ツリーが急襲した。

思案にふけっていたあいだ、やみくもに切りはらって鋭角になった死体の骨が、剣先と化し、侑斗の脇腹をつらぬいた。

「ぐっ」

動きが止まったと見て、死体ツリーが押してくる。

「侑斗っ」

「来るな！」

デネブが侑斗の救援に来るのを、敵は読んでいた。

死体ツリーは、カウンターで枝をのばし、デネブの両腕両足を押さえこんだ。

ツリーの枝にあたる死体群が、腕で抱きついたり、口で嚙《か》みついたり、腐りかけた自分の体が砕けるのも辞さず、体あたりしてきたりして、デネブの動きを封じる。同時に侑斗にも、べつの枝が殺到する。

一瞬のうちに、ふたりはツリーのとりこになった。

万力のように締めつけてくる。

全身の骨が悲鳴をあげても、ふたりは声も出さない。だが、デネブの受けている緊縛のすさまじさを、耳で感じた。強靱《きょうじん》なボディがメキメキ砕けていく音が聞こえた。

「デネブ……来い！」

たまらず侑斗は叫んだ。

デネブの姿が消え、精神体となって侑斗にとり憑《つ》いた。

これで、実体化したデネブがこれ以上ダメージを受けるのは回避できる。また、一体となった侑斗とデネブは、ふたりを合わせた以上のパワーを発揮できる。

「ぬん！」

フルパワーで、死体ツリーの拘束を解きはなち、

（デネブ、跳べ！）

「おう！」

デネブが憑依《ひょうい》した侑斗は、ツリーの上部へと跳びあがった。ちょうど、若い僧形の男がとらえられているあたりに。

（とりあえず、こいつを倒すより、ひとりずつ助けるのが先決だ！）

ゼロガッシャーを振るい、若い男の周囲を切りさきはじめた。

が。

若い男の腕が伸び、ゼロガッシャーを受けとめた。左上腕部と右手首が飛ぶ。返り血が侑斗の顔を朱に染める。

「なっ」

「これ以上、わたしたちを苦しめないでくれ」

「お前たちに生きてほしいだけだ。女のテンゾーもそう願ってる！」

「彼女の名前、一度聞いてみたかったな」

「聞けばいい。いま助けてやる」

「もう遅い……あんたたちも」

ぐわっと若い男の顔が迫ってきたように見えたのは錯覚で、彼をふくむ枝が、まるごと攻撃をしかけてきた。

虚をつかれた。

デネブが憑依した侑斗は落下した。だが、地面に叩《たた》きつけられることはなかった。下で待ちうけていたのは、ネットのようにひろがった死体のマットだった。

たちまち死体たちに押しつつまれる。

骨のナイフに全身がつらぬかれる。鉄の処女《アイアン・メイデン》のような死の抱擁。

でも。

それはまだ、最悪の事態ではなかったのだ。

侑斗は見た。感じた。死体たちから、無数の細い触手がにゅるにゅると出てきて、体をさぐりはじめたのを。

（……俺をエサにしようってのか）

動きはのろいが、侑斗の体の開口部をさがしている。

叫びだしたい口を、必死で閉じた。

でも耳はふさげない。鼻もどうしようもない。

目はつむれるが、それをしたら、挽回《ばんかい》のチャンスはゼロになる。侑斗の体の中で、ふたりは、目をひらいて、触手が確実にせまってくるのを見つめるしかなかった。

いきなり。

お堂が明るくなった。

暗闇に馴れきっていた目には、稲光がきらめいたように感じた。

鉄の処女がゆるみ、デネブが憑依した侑斗は、床に投げだされた。

火の手が上がっている。

骨片に全身をつらぬかれた痛みで麻痺《まひ》していた皮膚が、ようやく熱気を感じた。炎は、須弥壇を舐《な》めつくし、死体ツリーにも燃えうつっていた。

乾燥した死体をつたい、燃えひろがり、ツリー全体が炎につつまれていく。

生きている僧侶たちが、読経を放棄して絶叫する。

呆然と見つめる侑斗を、ぐいと引く手があった。

「逃げるぞ、侑斗!」

声でわかった。こいつがお堂に火をはなったのだ。

「……鬼。男のテンゾーを助けないと」

「助かろうとしてないやつは助けられない」

「なんでここに。シズカって人と源兵衛はどうした」

「とりあえず安全なとこまでお連れしたよ。そうしたら、お前らの様子を見に行けって、静さまが。まったく迷惑なやつらだ」

ぶつぶつ言いながら、鬼は、容赦なく侑斗の体を引きずっていった。お堂の階段にがんがん頭がぶつかるのもかまわず。

抵抗する体力はのこっていない。引きずられながら、侑斗は若い男のすがたをさがした。

キャンプファイヤーと化した死体ツリーは、炎からのがれようと、身もだえしながら、進もうとしている。だが、下層部ほど材料の死体が古く、乾燥しているのだろう。下から燃えつき、全体がくずれ、ダルマ落としのように炎の中へと落ちていく。

若い僧形の男と目があった。

身を焼かれる苦悶《くもん》に顔をゆがめながら、目と目を見かわした刹那、男はかすかに侑斗に笑いかけた。

――ように見えた。

つぎの瞬間、炎につつまれて視界から消えた。

お堂全体がくずれはじめた。

焼けた梁《はり》が持ちこたえられなくなり、屋根が崩落していく。火事はお堂を焼きつくし、渡り廊下を通じて本堂まで燃えひろがるだろう。等活寺の終わりだ。

侑斗は、一生かんがえつづけるだろうと思った。——若い男が最後に見せた表情の意味を。


やがて、その頰を、ひんやりした冬の風がなぜた。

「だいじょうぶか、侑斗」

安全な距離まで、ひきずってくれた鬼がのぞきこんだ。

「生きてはいるらしい……」

自分の声で応え、侑斗は、いつの間にかデネブが分離していることに気づいた。

横に倒れてウンウンうめいている。大の字になったまま呼びかけた。

「立てるか、デネブ」

「…………」

「俺たちだけで、この事件を解決するのは無理そうだ。何が起こってるかもわからない。デンライナーの助けが要る。ゾロ目の時間にドアを開けろ。どこでもいい。何時何分何秒——ジャストの時間に扉を開ければ、《時の駅》に通じる」

「…………」

返事はかえってこなかった。

侑斗がやきもきしていると、切れ切れの声でデネブが言った。

「――時間なんてわからない」

「お前ならわかる」

自信をもって言った。

「俺の腕時計の誤差は三分だ。ゾロ目の時間の九十秒前から、一秒きざみで開け閉めしろ。百八十回やれば、一回は当たる計算になる」

「百八十回……」

「最大でだ。それと……腹時計を信じろ」

「腹時計って？」

「いま何時ごろだ」

「えー？　わかるわけない。そろそろご飯のしたくしないと、お昼に間にあわないから、一〇時五四分くらいかな」

侑斗は、懸命に腕をあげて時計を見た。

デネブの当てずっぽうと、三十秒とちがわない。

口に苦笑がうかんだ。

「俺の測定より、お前の腹時計のほうが正確かもな。時の扉を開けろ。電王を呼ぶんだ」

ここまでの会話をするのに、おたがい必死だった。それだけのダメージを受けていた。

そのせいか、周辺の状況に気をくばる戦場の基本が抜けていた。

気づけば、荒れた玉砂利を踏みつける音が、サラウンドでせまっていた。

必死で身を起こすと、ぼんやりした視界に、武士たちが近づいてくるのが見えた。

鬼が弓矢で迎撃している。デネブも立とうとしているが、いつもは頑強な体が、思うにまかせない。

侑斗は剣をつかんで立ちあがった……つもりだった。

記憶はそこまでだ。

血の気が引き、視界まで、望遠鏡を逆さからのぞいているかのように遠のいていった。

自分の体が棒になって倒れていくのを感じた途中で、侑斗の意識は飛んだ。

×　×　×

前回は網、こんどはカゴだった。

竹カゴである。前回が魚なら、今度は野菜か果物のようなあつかいだ。

縛られたまま放りこまれ、馬にくくりつけられ、山あり谷ありの街道を爆走された。

死体ツリーと戦ったダメージは、手あてもされてない。傷口がふさがりかけたかと思えば、揺さぶられてまたひらく。はっきり言って死ぬ。

休息が許されるのは夜だけだった。

日がとっぷり暮れれば、近くの寺なり武家屋敷なりに宿を借りた。

「生きてるか、侑斗」

「どうにかな」

ふたりはひそひそ声で会話した。

すぐそばで武士たちが寝ている。

が、おそらく心配の必要はない。

日中駆けっぱなしで、馬こそ宿《しゅく》ごとに交代させているけれども、護送役の武者たちは疲労困憊《こんぱい》のきわみだ。侑斗とデネブという厄介な荷物を降ろしたとたん、倒れこむように寝てしまった。何人かは具足さえ解いてない。

見張りもつけないのかよ、と不満になる。正確に言えば、急にもよおしても、フォローしてくれなそうだという心配のほうが強かったが。

「こいつら、だれ？」

「はしばしの会話からすると、北条家。鎌倉に連れてこうってんだろう」

「ヨイトモに会えるかな。ヨギツネをいじめるなって言ってやんなきゃ」

「賓客として迎えてくれるわけじゃなさそうだけどな」

それより侑斗が気になるのは、自分が気をうしなったあと、何があったかだ。

等活寺で北条の手の者にかこまれ、つかまったらしいことまではわかるが……。

「あれからどうなった。鬼は？」

「もちろん逃げてもらったよ。彼女にはシズカって人や源兵衛たちを守る役目があるし、あんなカワイイ女の子を、危険な目に遭わせるわけにいかない」

「鬼って……カワイイ女の子か？」

「女の子はみんなカワイイよ。いくつになっても。百歳になっても！」

デネブはマジメに主張した。

百歳の女の子か。侑斗はちょっと笑った。

ホッとしている自分が、われながら意外だった。

侑斗たちをトラブルに巻きこみもすれば、助けにも来る、得体の知れない赤毛の少女が傷つきでもしたら、心おだやかではいられない気がした。いつの間にシンパシーを感じていたのだろうか。

「グッジョブだ。それで、デンライナーのほうは？」

「ばっちりだ」

「だよな」

そっちの心配はしていなかった。腕時計が消えていたからだ。ただの確認だった。

「時計、返せ」

「今はないよ」

「なんで？」

「鬼が持ってったから」

「鬼が？」

「時の扉を開けろって言ったじゃないか」

「……………」

脈絡不明だ。

「鬼が時計をぬすんだってことか……？」

「ちがうよ。鬼に、時の扉を開けてくれってたのんだんだ。俺はサムライを食いとめて、鬼を逃がすのにせいいっぱいだったから。ちゃんと時計もわたした」

「鬼にたのんだって？」

頭をかかえたくなったが、しばられていてそれもできない。

「平安《へいあん》時代の人間だぞ。デジタル時計のアラビア数字なんか、読めるわけないだろ」

「俺をバカだと思ってるのか？」

デネブは憤慨し、ひそひそを越えて声をあらげた。

「11：11なら、横に読んでも、縦に読んでも同じだ。1がそろいそうになったら、百八十回ためしてくれってたのんだ。扉を開けて、電王に助けを呼んでくれって」

「………」

たしかに。

デネブの言うことにも一理あるが……。

「あいつ、字読めたっけ？」

「字、書いてたよ。カレーのレシピ、メモってたから」

「そうか」

なら、まだ可能性はある。

一時は絶望におそわれた侑斗の心に、すこしだけ明かりがともった。

だが。

その明かりは、べつの側面を照らしはじめた。

テンオウ　シスカ　シタケ　セラ

文面が脳裏によみがえった。

「あの緊急鉄道電報……」

「電報？」

「鬼が、時の扉をあけたとしよう……」

霧が晴れるように、電報の意味が腑《ふ》に落ちてくる。

「時の駅にたどりついて、『電王、すぐたすけてくれ。静もたすけてくれ』とか言った
――システムがそれを簡略化し、『テンオウ　シスカ　シタケ　セラ』と電報を打った
……」

スジは通る。

デネブの声がはずんだ。「ちゃんと、扉を開けてくれたんだ！　えらいぞ、鬼！」

「たしかにえらい。えらいが……デンライナーは来ない」

「え、なんで？」

「SOSに応えて、来たのは俺たちなんだから」

「…………」

「何のことはない。俺たちは、俺たち自身の遭難信号に呼ばれて、この時代で遭難して
るってわけだ」

侑斗は自嘲ぎみに笑い、デネブは黙りこくって意味をかんがえていた。

7

デネブ勧《かん》進《じん》帳《ちょう》

トビの鳴き声が、だんだんたかまってきた。

竹カゴのすき間から見あげると、低空を滑空している。

(海が近い)

潮の香りも鼻に感じる。

あれから三日も馬に揺さぶられていただろうか。

カゴの中での、体の休ませかたにも馴《な》れた。傷も回復した。すぐに戦闘モードに入れるほどではないにせよ。

馬群の速度がゆるまり、蹄《ひづめ》の音がふかふかになった。浜辺に入ったのである。

砂浜に、白い陣幕が張られている。

(ここが目的地か)

陣幕の中へと運ばれ、ようやくカゴから解きはなたれた。

うしろ手にしばられた拘束はそのままだ。

サムライたちが並んでいる。

中央にいる四十がらみのヒゲづらが、どうやらボス級らしい。ものものしいヨロイ甲《かっ》冑《ちゅう》姿で、ふんぞり返っている。五月人形みたいに。

「お前がヨイトモか?」

デネブが切りこんだ。

ヒゲづらはきょとんとし、やがて破顔した。「それがしは和田左衛門尉《わださえもんのじょう》である」

さては和田義盛《よしもり》。たしか、頼朝親衛隊の隊長みたいなやつだ。なんでそんなお偉方が、じきじきにお出ましなのか。侑斗は首をひねったが、その疑念は、すぐに晴らされた。

「弁慶どのは、二品《にほん》どのにお会いしたことがないのじゃな。それがしもお初にお目にかかる。予州《よしゅう》どの、弁慶どの」

「！」

予州ってのは、義経の通称のひとつ。二品が頼朝。大岡忠相《おおおかただすけ》を越前《えちぜん》、水戸光圀《みとみつくに》を黄門《こうもん》と呼ぶようなアレだ。

義経＆弁慶と誤解されてるらしい。

護送兵団がやみくもに急いでいたわけに、納得がいった。侑斗は頭を猛スピードで回転させた。この場合、どうふるまうのがベストか。

「いかにも」

と侑斗が応えるのと、

「ちがうよー。俺はデネブ。こっちは……」

とデネブが言いはじめるのが同時だった。

「しっ」侑斗はあわててデネブを抑えた。「お前は弁慶、俺は義経。それで行く」

「え、ウソつくの？」

「時間をかせぐんだ」

静たちは、まだ平泉への旅の途中のはずだ。

いつ鎌倉方につかまるかわからない。一件落着と思わせられれば、義経一味を追ってる連中に、撤収命令を出させられるかもしれない。

そんなおもわくまで通じたかはさておき、デネブはしれっと訂正した。

「今のナシ！　俺はベンケーシー、こっちはヨギツネ」

義盛は相好をくずした。

「予州どの弁慶どのらしき者どもをとらえたと聞いて、半信半疑だったのだが、この義盛、すっかり会心いたした。予州どのは世評以上の美丈夫《びじょうふ》。弁慶どのも、聞きしにまさる容貌魁偉《かいい》」

ふんぞり返ってるわりには、いい人そうである。

通しおおせるか……と侑斗が胸をなでおろしかけた矢先、義盛の口舌があらぬ方向へと向いた。

「せっかくじゃ。弁慶どの、ひとつ、法華経《ほけきょう》をご教授ねがえまいか」

「ホーホケキョ……？」

「学頭みずからの薫陶をさずかったと聞く。その真髄を、ぜひお教えいただきたい。いや、うたがってるわけではない。うたがってはいないのだが、上に報告しないといけないのが宮仕えのツラいところで……」

口ではそう言いながら、目はカブトの下から、じっとふたりの反応をうかがっている。

侑斗の背中に冷や汗が流れた。

あの和田義盛が、ひとすじなわではいかないに決まっていた。

ムダとわかっていても、言いのがれをこころみるしかない。

「とつぜんつかまっちまったからな。講釈しろったって、経典もないし……なあ弁慶」

「比叡山随一とうたわれた弁慶どのともなれば、法華経の一巻や二巻、そらんじられるであろう」義盛はにべもない。「ご講義あそばされそうらえ。いざ聴聞つかまつらん。さあ。さあさあ！」

必死に逃げ場をさがしたが、見つからない。

ハラハラする侑斗をよそに、デネブがすっくと立ちあがった。

「ホーホケキョを教えてほしいのか？」

「いかにも」

「わかった」

すうっ、と息を吸ったかと思うと、デネブは、滔々《とうとう》と演説をはじめた。

「基本スパイスはクミン、ターメリック、コリアンダーシードの三つ。カイエンペッパーは好みだ。ショウガ、コショウ、カルダモン、クローブ、マスタードシードはひかえめ、ガーリック、シナモン、フェンネルを多めにすると、侑斗が好きな感じになる。シチューみたいに小麦粉でとろみつければ、イギリス式。フォンでのばすと、欧風カレー。ギーやバター、カシューナッツでコクを出して、ナンやチャパティみたいなロティを添えたら、北インド風になる。南風もいいね。テンパリングでスパイスの香りが立つし、ココナッツミルクやココナッツファインの甘みは侑斗向きだ。おなじココナッツミルクをつかっても、グリーンカレーっていうか、ゲーンキョワーンは辛《から》すぎて食べてもらえないけど……」

「お見それいたした！」

五月人形が、ふかぶかと頭を下げた。

部下たちもあわてて追随する。それこそ水戸黄門《みとこうもん》の『へへー』みたいになった。

デネブは不満そうに口を歪《ゆが》ませ、

「口をはさまないでくれ。ここからが本題だ。ガラムマサラを、イギリス人がカレー粉に仕たてたのが、めぐりめぐって日本のカレールーになるんだけど――」

「すこしは仏道をかじった気でおったが、弁慶どののお説が、一言もわからん。陀羅尼《だらに》というものであろうか。法華経がかほど深遠とはおもわなんだ。かかる尊い御坊をしばしもうたがったのは、それがしのあやまり。今より、弁慶どのの弟子につかんと存ずる。皆のものもつづくであろう？」

「へ？　へへー？」

と、部下たちは、キョトンとしながらも、とりあえずもう一度水戸黄門状態になった。

『へへー』していいんだっけ？　と顔を見あわせている。

きょとんは侑斗も同じだ。

デネブにささやいた。

「なんでカレーの話なんだ？」

「ホーホケキョって、ウグイスのことだ」

「だから、なんでカレーなんだ」

「日本にカレーライスをひろめたのは、ハウス食品のうぐいす号って宣伝カーだ。その話を聞きたいに決まってる。サムライって、天下統一したい人たちなんだから」

デネブは自慢そうに言った。

「はあ……」

侑斗は脱力した。

と同時に、目の前のイマジンに、尊敬の念すらおぼえた。

連想ゲームも、そこまで脱線できればあっぱれ。結果的に当座の時間かせぎにもなったようだし。

と、安堵《あんど》したのもつかの間、

「義経どの弁慶どのと決しましたか？」

「平三《へいざ》どの」

陣幕を上げてあらわれた男に、平伏を解いてふりかえった義盛が呼びかけた。

侑斗の背筋がこおった。

（……梶原景時！）

あらわれたのは、いつぞやクレーターの底でまみえた景時の姿だった。

義盛はのんきそうに立ちあがり、

「そちの到着を待てばよかった。平三どのは、予州どのとともに壇ノ浦を戦った昵懇《じっこん》の仲であったな。そちの目から見ていかがじゃ」

「所司である私が、別当であられる左衛門尉どのの決定に異をとなえるのはいかがなものかと……」

「なに。ちがうと申すか」

目がギラリとなり、侑斗たちに刀を抜きはなった。「それがしをたばからんとは不届き千万。何やつじゃ」

「まーまー」

景時は、義盛の剣幕を抑えた。

「お調べは私がいたしましょう。そうですね、ほんの三日もいただければ」

料金受取人払郵便

小石川局承認

1064

差出有効期間
2022年11月
14日まで
(切手は不要です)

郵便はがき

112-8731

東京都文京区音羽2-12-21
(株)講談社　第六事業局
「講談社キャラクター文庫」行

愛読者カード

今後の出版企画の参考にいたします。
ご記入の上ご投函ください。

お名前

ご住所 〒

電話番号

メールアドレス

今後、講談社から新刊のご案内やアンケートのお願いをお送りしてもよろしいでしょうか？ ご承諾いただける方は、右の□の中に○をご記入ください。

●講談社から案内を発送することを承諾します。

TY 3148763-2010

この本の書名を
お書きください。

あなたの年齢　　歳　　性別　男　・　女

●この本を何でお知りになりましたか？

1 書店で実物を見て　2 チラシを見て　3 書評・紹介記事を見て
4 友人・知人から　5 インターネットから　6 Twitterから
7 その他（　　　　　　　　　　　　　　　　　　　　　　　　）

●この本をお求めになったきっかけは？（○印はいくつでも可）

1 書名　2 表紙　3 内容紹介　4 著者のファン　5 帯のコピー
6 その他（　　　　　　　　　　　　　　　　　　　　　　　　）

●最近感動した本、面白かった本は？

●好きな作家・漫画家・アーティストなどを教えてください。

★この本についてお気づきの点、ご感想などを教えてください。

ご協力ありがとうございました。

×　×　×

侑斗たちが留め置かれたのは、またしても近くの寺だった。

宿坊体験の趣味なんかないのに、この時代に来てから、どれだけ寺で過ごしたか。中でも、この寺がいちばん簡素だった。ピカピカで真あたらしいわりに、華美なところがない。武家の街だけのことはある。

どうやら腰越《こしごえ》のあたりと知れる。

鎌倉の表玄関のひとつだ。浜づたいにすすめば、メインストリート若宮大路に達する。そのルートを、ちょうどおがめる高台に寺は建っていた。

調べるとか言ってたわりに景時は姿をあらわさない。まるまる二日間、侑斗とデネブは放置された。

といっても、牢《ろう》に入れられたわけでも、しばられたわけでもない。

いわゆる軟禁。

監視こそついていても、ふるまいは自由だし、水浴びもできた。デネブにいたっては、手料理を僧や兵たちにふるまい、プチ宴会になった。包丁をにぎったり番卒に食わせたりすることが禁止されていない。客人あつかいと言えば言えた。

「お寺暮らしって楽しいね！」

デネブはご満悦だった。

「油断するな。何かある」

「だよね。早くここを出ないと……。お魚がいっぱいありそうなのに、お寺じゃ、お魚は料理させてもらえないもんね」

トビたちが低空を旋回している。

漁師の釣果のおこぼれにあずかろうとねらっているらしい。潮の香りに混じって、魚のにおいも香る。けれど、トビたちは寺には近づかない。聖域だからじゃなくて、かれらのご馳走《ちそう》なんかないと知っているからだろう。

お寺生活を満喫しているデネブとちがって、侑斗は、じれていた。

俺たちをほったらかして、景時は何をかんがえているのか？

せっかくあたえられた時間でできることはないかと、もう一度、時の扉へのアクセスをめざした。

もう腕時計はない。さすがに夜に出あるくのはゆるされていないから、子午線も引けない。デネブの腹時計だけが頼りだ。

けれども、肝心の扉が見つからない。

秒単位で開け閉めできない板戸は、総あたりに向かない、お寺だけに観音扉はふんだんにあるだろうが、囚人がご本尊を持ちだせるわけもない。

できることがないまま、時間だけが無為にながれていった。

景時が侑斗を呼びだしたのは、ようやく三日目だった。

「いやいやいや、お待たせしてすみません」

客殿にあぐらをかいていた景時は、慇懃《いんぎん》に言った。

「なんだ、それは」

景時の前に、バックギャモンの盤が置いてある。

「お役目ですので、お調べのフリはしないといけませんが、聞くこともありませんからね。せめてゲームでもしようと思いまして」

侑斗は景時をにらみつけた。「お前、俺たちをここに釘《くぎ》づけにして時間かせぎしたな。何たくらんでる」

「人聞き悪いですね。時間かせぎしたかったのは、君のほうでしょう？　義経だ弁慶だと、和田義盛をだまして、追っ手の目をくらまそうとした。その作戦に乗ってさしあげたまでです。むしろ感謝していただきたい」

「三日と期限を区切った。今日が三日目だ。何がある」

「聞きたかったら、君はゲームに勝たなきゃいけませんよ」

盤にアゴをしゃくった。

侑斗は、景時に対面する形で座りながら、

「……一回勝負か？」

「それじゃ、おもしろくありませんよね。有り金はたいての勝負としゃれこんでみませんか。ホンモノの義経から、たんまり路銀をせしめているでしょう？　君が勝ったら、私の策をおしえてあげます。それだけじゃない。無罪放免してさしあげる」

「俺が負けたら？」

「スッカラカンになります」

「それだけか」

「それだけです。でも、ふむ……そう言われると欲が出ますね。条件をプラスしたくなる。こういうのはどうでしょう？　君が負けたら、あと三週間、私につきあっていただくのは」

「つきあうだと」

「観戦武官というか、オブザーバーとして、私の戦いを見ていただく」

「……お前、何なんだ」

予期していたとはいえ、侑斗は戦慄をおさえられない。

「イマジンの契約者じゃない。ただのタイムトラベラーでもないいな」

「タイムジャッカーですよ」

「タイムジャッカー……？」

「聞いたことありませんか。そうか。君がジオウに会うのは、だいぶ先のことでしたね」

「そのジオウってのはなんだ。これから三週間、なにをたくらんでる」

「ひとつ質問に答えたのはサービスです」景時はそしらぬ顔をした。「それ以上は、まずゲームに勝ってからの話ですね」

景時はコマ石をならべはじめた。

応じるしかない。

金子から賭け金を出す。

景時が片眉をあげた。「それっぽっちですか？　慎重ですね」

「………………」

サイコロを振る。侑斗が先攻になった。

ゲーム展開は、目を覆わんばかりだった。景時が圧勝した。

侑斗は黙って、二倍の賭け金を置いた。

二局目がはじまる。

今度も景時の完勝。侑斗はつぎの局にむけて、賭け金をさらに倍にした。当初の四倍である。まだ資金はしこたまある。

「マーチンゲール法っていいましたっけ？」

コマ石を進めながら、景時がぼそりと言った。

「負けるたび、賭け金を倍にしていく。ミドルリスク・ローリターン。どんなに連敗しても、一勝しさえすれば、負けの累積をチャラにできる。そういう戦法ですね」

「うるさい」

「サービスで教えてあげましょう。マーチンゲール法には致命的な欠点がありましてね。無限の資金を要求することです。とくに、勝率が五十%より低い場合には」

「…………」

「その金子、潤沢に見えるでしょう？　でも、有限なものは有限だ。マーチンゲール法は倍々ゲームです。いつまでもつでしょうね。あ、ほかのカジノ必勝法も、似たり寄ったりですから念のため」

侑斗が負けに負け、賭け金が底をつくまで、そう長い時間はかからなかった。

景時は立ちあがり、さげすみの目で見おろした。

「約束です。三週間、私のオブザーバーになってもらいます。無粋な監視はつけません。どのみち、この時代のサムライふぜいに君は抑えられない。あのイマジンを憑依《ひょうい》させたり、ゼロノスに変身したりされたらね」

「……なぜそこまでわかってて」

「聞きたいのは私のほうです。いつだって逃げられたのに、なぜ逃げなかったのですか、桜井くん」

「…………」

「まさか、本気で義経や静たちのために時間をかせごうとしたわけではないでしょうね」

景時の声が笑いをふくんだ。「そこまでお人好《ひとよ》しだったら、君を一瞬でも警戒した私までバカを見る」

「悪かったな」

「謝る必要はありませんよ。君のおかげで、さらにペースアップできましたから」

「ペースアップ？」

「古代の四大文明では、大河の治水をめぐって王が決められました。次代の王は、歴史の流れという大河を、どう治めるかで決まります」

「何の話だ」

景時の言葉は、侑斗の理解を超えていた。

「あははははははは」景時は愉快そうに笑った。「最後のサービスをしましょうか」

景時は侑斗を本堂へといざなった。

いつの間にか、前に居ならんでいた武士たちが、黒い箱を捧《ささ》げもっている。

「三日と期限を区切った理由を聞きましたね。これが届くのを待っていたんですよ」

「なんだ」

「気になるなら、開けてみたらどうですか」

「…………」

侑斗は身うごきがとれなかった。

「おや？　口ほどにもないですね」

景時が合図を出した。

武士がフタを開け、中味をこちらに見せる。

箱は、乳白色の液体に満たされていた。つんと酒のニオイが香る。マッコリのように濃淡がある液に、ゆらり、ゆらりと物体が浮き沈みしている。

その正体は想像できる。

できれば見たくはない。

だが、見るのが義務だと、自分に言い聞かせた。侑斗は箱をのぞき見た。

「…………！」

思わず二、三歩後じさる侑斗を見て、景時は笑いをおさえきれない。「ふふふふふふふ。義経は自刃、弁慶は全身に矢を受けて立ったまま死んだそうです。で、本日、義経の首がとどけられたという寸法です」

だが、侑斗にとっての衝撃は、つぎの景時の一言だった。

「じゃ、それ、その辺の海にでも捨てちゃってください。どこの馬の骨ともしれない生首と、にらめっこする趣味はありませんから」

「待て！　その首は……！」

侑斗が駆けだそうとしたとたん、時間が止まった。

としか言いようがない。

自分が空中で静止している。

意識はある。目も耳も機能している。それなのに、体が毛筋ほどもうごかせない。

景時の声が聞こえた。

「いけませんね、桜井くん。オブザーバーたるもの手出しは禁物です。私が、歴史という川の流れを変えてみせます。その目撃者になるだけでいいんですから、楽な取引じゃありませんか」

首桶《くびおけ》をもった武士たちが去っていくのを、侑斗は静止したまま見おくった。景時の気配も遠くなっていった。

×　　×　　×

景時との対面を経て、兵たちは引きあげていった。

かえって不気味ではある。

バックギャモン対決の結果、景時の〝戦い〟につきあうことになった。その紳士協定を、侑斗がやぶらないと信じているのか。逃亡されても、大勢に影響ないと確信しているのか。

憎たちに料理を無心されても、デネブはそれどころではなかった。

「ベンケーシーが死んじゃったなんて～～」

イマジンの体の構造はどうなっているのだろう。

泉のように涙が湧きだしている。砂漠の緑化につかえるんじゃないかと思うほど。

「料理対決するって約束したのに～～」

「対決なんかイヤだって言ってなかったか？」

「ベンケーシーは別だ。ベンケーシーだって、心の中ではそう思っていたはずだ～～」

「歴史上の人物だぞ。俺たちの時間ではとっくに死んでる。いちいち悲しんでたら、身がもたない」

「そういう理屈じゃないだろ～～」

「だな……」

侑斗は自分の失言を悔いた。

失言を挽回《ばんかい》しようとおもったわけではないが、

「念のために言っておく。俺が知ってる歴史では、義経主従は、いまこの時点では死んでない」

「えっ？」

そう言ったのは、ウソではない。

史実では、義経の逃避行は数年におよんでいる。侑斗たちが義経といっしょに大坂に上陸してから、まだ半年あまり。この展開のストロークはみじかすぎるのである。

「それとな」言おうかどうか、さんざん迷ったすえ、最低限のことだけ話すことにした。

「景時が見せた義経の首、あれはニセモノだ」

「ニセモノ？」

「別人ってことだ。義経は詭計《きけい》の天才だからな。すんなりやられるわけないだろ。何かの作戦だ」

「だよね！　じゃ、きっとベンケーシーも生きてる！」

デネブはケロッと元気になった。

ほっとしたが、いきなりするどい質問が来た。

「それってどういう作戦なの」

「どういう？」

「なんでニセモノの首送るの」

「うーん、時間かせぎか？」

「時間かせいでどうするんだ」

「軍備をととのえるとか……このあと、頼朝が平泉に進軍するから」

「でも、カゲノキはすぐ見やぶったんだろ。ニセモノの首だって」

「知り合いだしな」

「そうなることとは、ヨギツネだってわかってたはずだ。ニセモノ送ったたって意味ない」

デネブの言うのももっともだ。侑斗はかんがえこんだ。「たしかにそうだな……」

「歴史ってやつだと、ヨギツネたちはどうしたの？」

侑斗は天をあおぐしかない。義経一行は、たよった奥州藤原氏にうらぎられて、平泉で果てた。それが史実だ。でも、それをいまのデネブにつたえたくはない。

「……大陸にわたって、ジンギスカンになったたって伝説もある。そのための時間かせぎだったりして……」

「ジンギスカン⁈　北海道の名物つくったの⁈　さすがベンケーシー！」

「ジンギスカン鍋じゃない。チンギス・ハーン。モンゴル帝国の初代皇帝だ。史上最大の帝国のな」

「たしかに帝国ホテルの料理はうまい」

「この時代、世界は激動してる。日本の内戦なんかカワイイもんだ。十字軍とかいって、ヨーロッパとトルコが激突してる隙に、モンゴルがアジアをあらかた征服し――」

ん？

適当にデネブをいなしているつもりだったが、何か引っかかる。

送られてきた《義経の首》がニセモノだったのは事実だ。だれが何の目的で……それも気になるが、もっと重要なのは、景時が何をたくらんでるかだ。

——次代の王
そう、景時は言った。

この十二世紀末、後世に名をとどろかす英雄王が輩出する。サラディンしかり、リチャード獅子心王《ししじんおう》しかり、フリードリヒ二世しかり。だがまもなく、すべてを一蹴する大嵐が、モンゴルの草原から吹きよせる。超巨大帝国の礎をきずく《皇帝》が。

このタイミングで、景時が《次代の王》をうんぬんしている。

偶然の一致か？

そんなわけがない。

タイムジャッカーとやらを標榜《ひょうぼう》する彼は、あきらかにタイムトラベラーである。ねらいすまして、この時代にやってきたはずだ。

ゾンビ兵団をくり出し、義経や静を襲ったこと。梶原景時という武将になりすまして、頼朝政権の中枢に食い入っていること。『ペースアップ』と言って歴史を早回ししようとしていること。そして義経ジンギスカン伝説。

すべて、一直線につながっているはずだ。

三週間。

景時は、またも期限を区切った。つづく三週間のうちに、歴史を変えようとしているということだ。

デネブをなだめるために、自分がおためごかしで言ったことが反芻《はんすう》される。

すでに、史実では数年がかりだったはずの事象が、ぎゅっと、コンパクトに圧縮されているのだ。景時の宣言は、額面どおりに受けとめるべきかもしれない。

景時の野望をつきとめ、阻止しなければならない。

侑斗が思いにふけりはじめたのにも気づかず、デネブは、「ヨギツネが皇帝になったら、ベンケーシーも偉くなるね。宮廷料理対決もいいなあ」とか、ぽやぽやしている。

いちばん聞かれたくなかった質問だけは出なかったのが救いだった。

『ニセモノの首』とは、だれの首かということを。

×　　×　　×

海岸のほうが、にわかに騒がしくなった。

部隊が進撃していく。

ちょうど、侑斗のいる寺が、パレード見物のベストスポットだった。

鎌倉が天然要塞といわれるのは、Ω《オメガ》の字のように山に囲まれた地形で、敵が攻めにくいからだが、自軍が出撃するルートも限定される。この時代の海岸線は、現代より手前だ。Ωの開口部にあたる一ノ鳥居から、せまい浜辺をすすみ、切通を抜け、腰越あたりでやっと山が切れて、Ωの下ヒゲの外に出る。

つまり、腰越までは否《いや》が応《おう》でも一列縦隊のパレード状態になってしまうのだ。

住民たちから、一段と大きな歓呼を受ける騎馬があった。

乗っているのは、きらびやかなヨロイカブトを身につけたヒゲづらだ。『伊勢大神宮《いせだいじんぐう》・八幡大菩薩《はちまんだいぼさつ》』と書かれた白い軍旗をかかげた護衛にかこまれている。

頼朝だろう。

いや、ちがうか。

「十、二十……」

侑斗はかぞえた。

一行は、騎馬武者がせいぜい三十人、お付きの者たちを入れても百人に満たない。一瞬で通りすぎていった。〝武家の棟梁《とうりょう》〟の行列にしては貧相すぎる。

だが、後続もたいしたことなかった。線香花火のようだ。パチパチと断続的にはじけ、だんだんさびしくなっていき、ぽとりと止《や》む。

「…………」

出陣ではないのだろうか。

通過した軍勢は、全体でもおそらく五百人に満たない。それだけでは戦争にならない。

――私の戦いを見ていただく

景時の口ぶりから、てっきり、大戦争でもおっぱじめるのかと身がまえていたが……。

「私たちも出かけますよ、オブザーバーどの」

うしろから声がかかった。

景時が来ていた。

寺の境内なので下馬し、お付きに馬を引かせている。

「君たち用の馬を用意しました。オブザーバーどのに徒歩《かち》では申しわけないので。ただし、ふたりで一頭でお願いします。このご時世、馬は貴重でしてね。オススメはドン・キホーテ式です。テンプル騎士団式は、人目を引きすぎると思いますよ」

言いのこして景時は去り、お付きに引かれた一頭の馬とご対面となった。いわゆる栗毛《くりげ》の、馬らしい馬だ。

「俺たちのお馬さん！」

よろこんだデネブが駆けよって鼻面をなでる。「テンプラなんかにしないからね」

「テンプル騎士団。馬のふたり乗りがエンブレムだったんだ」

侑斗は苦い顔になった。

人を試すようなペダンティズムは、虫が好かない。よからぬことをたくらんでるらしいタイムジャッカーである前に、景時は人間としてキライだとあらためて自覚した。

「デネブ、その馬、かつげるか」

「できると思うけど……」

「よし。それ式で行こう。アイツにひと泡吹かせてやりたい」

「ダメだよ！　お馬さんがびっくりしちゃう！」

けっきょく景時の推奨したドン・キホーテ式——侑斗が馬に乗り、デネブが従者として馬を引く——で、景時軍に合流した。

景時軍も、数はすくなかった。

デネブは従者の役目もそこそこに、如才なく立ちまわり、たちまち全員と仲よくなった。それができるくらいの数ということだ。せいぜい四十名だろう。侑斗がかよっていた高校なら、二クラスにも満たない。

進むにつれ、一騎、二騎、さみだれ式に合流してくる武士もいたが、やがてそれも絶えた。

多摩《たま》川にさしかかる手前で日が暮れ、野営の準備に入った。

先発した隊は、すでに川をわたったらしく、火を焚《た》いた跡がのこっている。デネブは、さっそく夜食づくりに腕をふるいはじめた。うまそうなにおいにつられ、ラグマットで休憩していた兵たちが取りかこんでさわぎはじめる。

「デネブくんは人気者ですね。彼がこの軍の大将みたいに見えます」

景時が侑斗に近づいてきた。

「そして、君はさしずめ、彼の馬丁というところですか」

ちょうど侑斗は、馬の世話をしていた。鞍《くら》をはずし、川の水をかけて汗をぬぐってやる。望んで得た馬ではないが、いったん乗ってしまったら愛着も湧く。

「言ってろ」

「感心してるんですよ。貴重な馬をおあずけして、きちんと面倒見てくれてることに」

「馬の話はいい」侑斗はイライラと、「この軍はどこに向かってる」

「奥州に決まってるじゃないですか」

「だが……」

「なにか不審な点でも」

「平泉ってのは、大勢力だろ」

「そのことですか。敵は鎮守府《ちんじゅふ》将軍。奥州十七万騎と言いますね。誇張だとしても、この時代最強なのはまちがいありません。ずっとエミシと対峙《たいじ》している最前線ですから、戦いのノウハウも積んでる。そこに義経という軍略家がくわわろうものなら、鬼に金棒。こんな程度の兵力で歯が立つ相手じゃありませんね」

「それでもお前は勝算があると言うんだな」

　侑斗は水を向けた。

　この男は、おしゃべりだ。

　バックギャモン対決の日も『サービス、サービス』ともったいぶりつつ、何でも話した。デネブとはべつの意味で話がクドいが、ありったけしゃべらせ、情報をつかむが吉だ。

「見せてあげましょう」

　案の定、景時は侑斗を陣幕の向こうにいざなった。

　野営地に着くなり、不自然に長々とはりめぐらされた陣幕。

　出入りするのは景時だけ。見張りをつけ、高官をも寄せつけようとしない。兵たちから何を隠しているのか。侑斗も、みなが寝しずまったら探ってやろうと思っていたところではあったのだ。

　陣幕の向こう。

　景時がツルになって機織《はたお》りをしていたとしても、侑斗はこれほどは驚かなかっただろう。

　軍勢がならんでいた。

刀を差し、槍《やり》や弓矢をかまえ、一糸乱れず整列している。

色が濃くなっていく夕闇の中に、炯々《けいけい》と目だけを光らせている。ひとりもまばたきをしていない。

(ゾンビ兵だ)

身がまえることもできなかった。

数が多すぎる。

「ここは私の知行地ですので、ひそかに育成していました。何人いると思います?」

「せ……千体くらいか」

心ならずも侑斗の声はかすれた。

等活寺の死体ツリーでさえ苦戦したのだ。たとえ変身したって、これほどの数のゾンビ兵を、相手に回して勝てる道理がない。

景時は、拍手しながら笑い声をあげた。

「正解でよしとしましょう。答えは千二十四体です。キリのいい数字にすると、あとあと計算がラクかと思いまして」

「キリのいい……二の十乗ってことか」

「源頼朝の御家人って、何人いたか知ってます? 直轄のサムライって意味ですが」

「………」

いきなり話題を変えられて、侑斗は困惑した。

「十万人くらいか……？」

いや。かりそめにも史上初の武家政権をひらいた男だ。そんなにすくないわけがない。

「百万くらい」

「ブブーですね。最盛期で、五百人とちょっとです」

「え……」

ゾンビどもと相対している状況でさえなければ、もうすこし興味ぶかい話として聞けたかもしれないが、侑斗は合いの手を入れるのでいっぱいいっぱいだった。

景時は、得々しく講釈をたれつづけた。

「その郎党も入れれば実数は増えますが、ほとんどはフリーランスですからね。たいした数にはなりません。彼ほどの貴種でも、それっぽっちしかあつめられなかったのには、二つワケがありまして……」

ひとつは。

〝武士〟という職業が存在しなかったことだ。

『いざ鎌倉』

という言葉がある。

御家人、つまり鎌倉幕府直属のサムライが、有事に応じてスクランブルするという意味だが、逆に言えば、『いざ』というときしか来ない。

武士といっても、半士半農。西部劇で、カウボーイが、ガンマンとして活躍したりするけれど、本分はあくまでもカウボーイであるのと同じこと。

かれらが〝ガンマン〟として職業化・組織化されれば、現代から見た武士のイメージになるが、それは戦国時代以降で、このお話からざっと四百年ちかく先だ。

「ふたつめは、人口の問題です。この時代には全国で六百万しかいません。軍記ものに一万騎とか十万騎とか、景気のいい数字が出てきますが、そんな人口比はありえない。頼朝があつめた五百人は、君の時代の人口、一億二千万に換算したら一万人に匹敵します。スタジアムを埋めつくすとはいかないまでも、職業じゃなくて、ヘタするとボランティアですからね。頼朝、〝やる夫〟だと思いません？」

「千二十四人がすごい、と言いたいのか」

侑斗は唇をなめた。「こいつらゾンビどもは強い。でも、この時代の人間をなめるな。俺は、義経がやつらを海に落とすのを見た。鬼……小さな戦士が、やつらを火で退治するのもな。たかが千人くらい、ものともしないぞ」

「ちっちっち」

人さし指をワイパーのように振る。そんなジェスチャーをする人間をリアルに見るのは、はじめての経験だった。

「感情的なリアクションでは、合格点はあたえられませんね。もう一度くりかえしますよ。この時代の兵力の問題点は、ふたつです。ひとつは職業軍人が存在しないこと。もうひとつは人口がすくないこと。このふたつが解決できさえすれば、天下をとるなんてカンタンです。ここに、その解決策がある」

「………」

「かれらは身過ぎ世過ぎのために働く必要がない。ただ戦う。それに無限に増殖する」

「増殖だと」

「千二十四体が、一体が一体仲間をつくれば、二千四十八。さらに仲間をつくって四千九十六。君がお好きなマーチンゲール法と同じです。倍々ゲームで増えていきます。シミュレーションでは、三週間後には三十万を超える」

侑斗も、かんがえていなかったわけではない。

むしろ、かんがえないようにしようとしていた。

死体ツリーが触手をのばしてきたのは、ころそうというより、仲間を増やそうとしてたのではないかと。

現に、等活寺の僧たちは、生きながらにして取りこまれていた。宿主が生きてようと、死んでいようと関係ない。人体という物体をエサとし、乗り物とし、増殖していく。

「……あれは、キノコだな？」

からからに干からびた唇をようやくうごかし、侑斗は言った。

デネブの受け売りだが、

「冬虫夏草のような……」

「訂正します。君は、やはり私が見こんだ生徒だけのことはあるようだ。冬虫夏草というのは、昆虫やクモに寄生するキノコの総称ですね。とくにガの一種に寄生するノムシタケは、不老長寿の妙薬として珍重される。虫の全身がキノコ化するビジュアルはキモいですが、ガンにまで効くっていうんだから、自然の神秘ですねぇ。『木の子』っていうくらいで、植物に寄生するイメージがありますが、キノコの宿主は、植物にかぎらない。タイワンアリタケって知ってます？」

「タイワンアリ……？」

「優秀なキノコですよ。アリの脳を麻痺《まひ》させ、神経系統を置きかえ、体を乗っとります。寄生されたアリは、死んでも行動しつづけます。キノコの意志どおりに」

「まさか……！」

「人間には寄生しませんよ。人間に感染するキノコは、スエヒロタケとヒトヨタケの二種だけです。でも……もし、スエヒロタケとタイワンアリタケをかけ合わせ、あれやこれや細工をほどこしたら、話はちがうかもしれませんね。命令を忠実に実行し、みずから増殖できる、理想的なＬＡＷＳ——自律型致死兵器システムがつくれるかもしれません」

各種のキノコを遺伝子改造し、生物兵器とする——

それを。

やったのだ。このタイムジャッカーは。

侑斗は戦慄した。

千体が、まばたきもせず、まっすぐに前を見つづけている。こいつらが進撃しながら、仲間を増やしていく。三十万の勢力となって、東北を蹂躙《じゅうりん》する。

「……お前、何のためにこんなことを。王がどうとか言ってたが」

「やっと聞いてくれましたか」

景時は笑みをうかべた。「源頼朝を、征夷大将軍《せいいたいしょうぐん》にするためですよ」

「頼朝を……征夷大将軍に？」

侑斗は目をパチクリさせた。「……ただの歴史じゃないか」

「君は、歴史ってものを知りませんね」

景時は、あきれて首をふった。

「征夷大将軍が、どれほど特殊なポジションか。この時代から何百年も前に、廃絶された官位ですよ。夷狄《いてき》と全面戦争するための役職ですから」

「夷狄だと」

「奥州の先には蝦夷ヶ島《えぞがしま》——北海道があり、その向こうにカラフトがあり、さらに大陸がひろがっている。そのすべてを征するのです。そのころには、わが不死兵も、夷狄を飲みこみながら、三十万が九千万になり、九千万が二十七億になる。あくまでも机上のシミュレーションですよ。この時代の世界人口を超えちゃいますから」

「お前……世界征服でもするつもりか」

「言いませんでしたっけ、征夷大将軍って」

景時はけげんな顔をした。

「あらゆる外国を征する大将軍——そういう意味でしょう?」

8
再会！　平泉

「やだ」

デネブはかたくなに首を横にふった。

「デネブ、俺の言うことが聞けないのか」

「聞けることと聞けないことがある」

「こんなに頼んでるだろ」

「ダメだ。俺は、侑斗を守る。それが契約だ。死ぬまで侑斗から離れない」

「ごまかすな」

侑斗はきびしい顔をした。

「俺とお前の契約は、みんなを守ることだ。ちがうか」

「…………」

デネブは虚をつかれたようだった。

ふたりの契約は複雑だ。

デネブからすれば、『この』侑斗と直接契約したことはないのである。

それがデネブにとっての強みでもあった。契約を都合いいように解釈することができたから。

その不備をつく侑斗の指摘だった。

「デンライナーは来ない。景時をこのまま放置したら、時の運行はむちゃくちゃになる。

俺たちがやるしかないんだ」

「でも、カゲノキと約束したんだろ。手出ししないって。約束をやぶるのはダメだ」

デネブは抵抗した。

イマジンたちは、『約束』という形式には固執する。

それぞれ自由にふるまっているように見えても、契約にしばられて生きていることから来た習性かもしれない。電王こと野上良太郎に憑《つ》いているイマジンのひとりに、みずから嘘《うそ》つきを標榜《ひょうぼう》するのがいるが、ウソはついても、約束をやぶることだけはしない。

「手出しじゃない。平泉の義経に知らせて、対応策を練らせるだけだ」

「そういうのを手出しって言うんだ。カゲノキはタイムパウダーなんだろ。約束やぶったりしたら、侑斗がどんな目に遭わされるか……」

「タイムジャッカーな」侑斗はツッコんだ。「だから頼んでる。時間をかせいでくれって」

「………………」

デネブがかんがえこむあいだ、侑斗は口をはさまず待った。

「わかった」

たっぷり三分間かんがえたすえ、デネブはうなずいた。

「侑斗。約束してくれ。生きのびろ。最後の最後には、自分が生きることだけ考えてくれ。契約じゃなくて、約束だ。できるか？」

「………」

「できないなら、俺はテコでも侑斗についていく！」

「『テコでも』ってのは、動かないときにつかうんだ」侑斗は苦笑した。「せいぜい死なないようにする」

「せいぜいじゃダメだ。生きるんだ！」

「生きる。約束だ」

指切りげんまんを交わした。

やがて、幕屋から一頭の馬が走り去った。

兵たちが騒ぎだす。

「桜井侑斗とやらが逃げたぞ！」

「追え！　馬引け！」

「俺が逃げたって？　それはタイヘンだ！　どっちに逃げた？」

と、兵たちの前に、のこのこ顔を出した若侍があった。

「お前は……」

「桜井侑斗だ。侑斗をよろしく！」

若侍は、飴《あめ》をくばりはじめた。

侑斗に背格好の似ている若侍に憑依《ひょうい》したデネブである。

侑斗以外の人間に憑くのは気に入らない。でも、このさい、文句は言っていられない。衣裳《いしょう》は前もって取りかえてある。侑斗の顔をよく知らない兵たちに、見わけがつくわけもない。

「俺は侑斗だ。俺がニセ侑斗だったら、ホンモノの侑斗をいますぐ追いかけたい。心の中ではそう思ってる。君たちが追いかけるなら俺も行く。いや。君たちが行かなくても、俺は行きたい！」

すっかり気をそがれた兵たちは、がやがやと幕屋にもどっていった。「景時さまの客人は変わり者だ」とかなんとか話しながら。

ひとりのこされた若侍＝デネブは、侑斗が駆けさっていった北方をながめた。

距離がとおざかっていくのを感じる。

ふたりは精神的にリンクしているが、ケータイの電波とおなじく、距離がはなれると、とぎれとぎれになったり圏外になったりする。

（侑斗……無事で……）

デネブは、だれにともなく祈った。

×

×

×

平泉は、この時代、有数の商業都市である。

「すごいな……」

大通りを馬で行く侑斗は感心しきりだった。

ここ数十年で急成長し、経済規模は、京都についで国内二位にまでいたっていたという。侑斗の目には、たびかさなる戦乱で衰退した京都以上に、活気に満ちているように見えた。

食料品から玩具まで、あらゆる商店がひしめき合っている。《市》――のちの世でいう商店街だ。

この時代に来てから、はじめて見る光景でもあり、ある種、なつかしさすらおぼえた。

(へえ)

侑斗が注目したのは、何の変哲もない買い物の風景だった。

オバサンが、露店のオヤジからハデなドテラのような服を買っている。服は中国からの舶来品。オバサンが支払いにつかったのは――

(宋銭か)

この時代、まだ貨幣経済は浸透していない。

現に、弁慶からわたされた路銀は、金のつぶつぶ。物々交換が基本なのだ。それだと、『売るだけ』に特化した商店が一ヵ所に集積する意味がない。

ところが、ここ平泉では、庶民さえ貨幣をつかい、商店街のひな型のようなものが育ちつつある。

それだけ中国との貿易が盛んだということだ。

かつて日本は、『黄金の国』とつたえられていた。

古くは九世紀、イブン・フルダーズベが、黄金の国ワクワク（倭国《わこく》）として地理書に記している。衣服は黄金の糸で編まれ、ペットのクサリまで黄金でできてると。元ネタはおそらく、中国人商人のあいだでささやかれていた噂だ。白髪三千丈式に、尾ひれはひれがついたのだろうが、まるっきり事実無根でもない。日本からの遣唐使が滞在費として持参した黄金があまりに潤沢で、宮廷がびっくりしたという逸話がのこっている。

その黄金の出どころが、東北で産出する砂金だった。

平泉が京都をさしおいて、国際商業都市としてさかえたのは、東北の砂金をバックに、私貿易をおこなったからだ。

マルコ・ポーロが中国をおとずれるのは、このお話から八十年ほどのちのこと。そこで彼が耳にした黄金の国ジパング伝説には、古くからの噂をベースに、平泉のイメージがくわわっていると言われる。

そう思って見てみると、行きかう人たちの衣服はまちまちである。

胡服《こふく》というのか、シンプルなズボン姿で馬に乗ってる人もいれば、中国っぽい赤・金でゴテゴテ着かざってそぞろ歩いてる人もいる。カオス。

『日本の東北』というよりは『アジアっぽい』。活気があり、そして平和だ。

侑斗はムッとしさえした。

（遠からず鎌倉軍が襲ってくるってのに、ユルすぎる）

街道っぽい道を避けたとはいえ、地理に不案内な侑斗ですら、ノーマークで来られた。

奥州の防備体制はどうなってるのか。

さて、どうする……。

通りを一往復し、とある武具屋に目をつけた。

ずかずか店に入りこみ、土間の中央に陣どって、大音声で呼ばわった。

「たのもう！」

「ど、どんなご用で」

及び腰で小僧さんが出てくるのを横目に、ゼロガッシャーを空中から出して見せた。

身の丈ほどもあろう逆V字の大剣を、いきなり突きつけられた小僧さんは「ひえっ」と腰を引く。

「この剣はいくらだ」

「いくらだと言われましても……どこのどちらさまですか」

「俺を知らないのか？　源九郎義経だ」

「ええっ、義経さま⁉」

「この剣はゼロガッシャーと言うて、後白河上皇《ごしらかわじょうこう》から頂戴した神剣であるぞよ」

「ご、ゴシラ……？」

「あ、いまはまだ生きてるから、後白河とか言わないのか」

「はあ⁉ あんた、上皇さまをつかまえて『まだ生きてる』って……」

小僧さんが鼻白む。

侑斗も内心あせりつつ、

（デネブ……おい、デネブ！）

デネブを呼んだ。

こういう見えすいた芝居は苦手だ。デネブなら、平気な顔でやってのけるにちがいない。でも交信はできなかった。彼が同行している景時軍とは、まだ距離が遠いということか。

仕方ない。侑斗はほぞを固め、

「とにかく神剣だ。信じるか信じないか。信じないなら、神剣の力を目にもの見せてくれるぞよ！」

ゼロガッシャーを振るった。

マネキン的に陳列してあったヨロイを一刀両断する。勢いあまって、土間の地面までもえぐった。

かわいそうな小僧さんが、みじかく悲鳴をあげた。

「ひっ」

「信じないか！」

横なぐりに払った。

壁に立てかけてあった刀から弓から、中国の戦斧《せんぷ》みたいなゴッツい武器まで、すぱすぱ断ち切る。ついでに土壁まで斬れたので、今度は斜めに剣を振るうと、しっくいが崩れ、店内に陽光が入ってきた。

「し、信じます、信じますから！」

「いーや、まだ信じてない！」

胸の中で小僧さんに手を合わせつつ、おもしろくなってきたのが正直なところだ。

侑斗は、壁を斬りさいて表に出た。

隣の商店を、そのまま斬り進む。鍋とかザルとか、キッチンツールを売ってる店だったようだ。土器も陶器も鉄器も銅器も、すべて破壊し、つぎの店へ進む。

そうやって、何軒もの店を斬り進んだ。

「そのへんにしておけよ」

いきなり、女の子が目の前に出てきた。

侑斗は剣を寸止めした。

「バカ！　危ないだろ！」

「危ないのはどっちだ」

「鬼……！」

見ちがえた。

薄青の着物を着ている。

下はズボンなので、いわゆるキモノとはちがうが、吉野山で出あったころのマタギめいた服装とは大ちがい。目の覚めるような赤毛とマッチしていて、ファンタジー映画の登場人物のように見えた。

ぶっきらぼうな口調はあいかわらずだったが。

「侑斗、あんたはこれも斬るつもりか？」

「……………」

見れば、そこは仏具屋だった。

仏像だの菩薩《ぼさつ》像だの、そうしたたぐいが並んでいる。

「こういうのは壊しちゃいけない。人びとの心のささえだ」

侑斗に言ってるとは思えないくらい、鬼の声はちいさかった。

「俺は……」

「私たちの目を引くための小芝居だろ。あんたが奥州に近づいたときから、物見がずっと報告してきてた」

「だったら、こんな芝居させんな！」

侑斗は激昂《げきこう》した。

「関所みたいなとこで言ったんだぞ。鬼ってやつに会わせろって。義経に会わせろなんていっても、公式には死んだことになってんだろうからな」

「取りあってもらえなかったろ。私も公式には存在しない。なにせ《鬼》だから」

「………」

「平泉まで来てくれたのに、ほったらかしたのは悪かった」

聞こえないくらいポツリと、鬼は言った。

侑斗はちょっと相好をくずした。

「お前から謝罪を聞くのは初めてだな」

「ホンモノに会うか、自称・義経さま？」

「皮肉を聞くのは数知れないけどな」

憎まれ口をたたきながら、侑斗の胸にはあたたかいものが生まれていた。

やはり、義経は生きているのだ。ならば、弁慶も。静も。

うながされるままに店の表に出た。

少女の赤毛は青空に映え、ますますファンタジーめいたコントラストをなしていた。

×　　×　　×

土塁の上から、人間たちが必死で矢をはなつ。

だが、殺到するゾンビ兵たちの前ではむなしい。抵抗は一方的に圧殺されていく。

眼前でくりひろげられている非対称的な戦闘をよそに、烏帽子《えぼし》姿の武将が石塔をなでていた。ヨロイも着けず、およそ戦場のいでたちではない。

　石塔といっても、高さは一メートルもなく、Rの字のようにずんぐりしている。

「桜井くん、これ知ってます？　一町仏《いっちょうぼとけ》といって、平泉が建てた道標です。野趣あふれる形ですが、バカにしてはいけませんよ。ここから津軽《つがる》まで、一町――百十メートルごとに建てたっていうふれこみですから、街道ぞいに五千本建てた計算になります。栄華をきわめる平泉ならではの大事業とは思いませんか」

「そーだねえ」

若武者が相づちをうった。

気もそぞろで、目の前の戦闘にも、武将の言葉にも、どっちにも関心がなさそうだ。

武将――景時はおかまいなく、

「この道標が、私たちを平泉にまっすぐみちびいてくれます。君の時代にはまだなかったと思いますが、サザエさん通りや水木しげるロードみたいなものですね。モニュメントをたどっていくだけでも楽しい。わが不死兵たちは、あんまり楽しんでいなさそうですが」

「そーだねえ」

「さっきから『そうだね』しか言いませんね。何か気にさわったことでも？」

「そーだねえ」

「ははははは」

景時は高笑いし、「無理しなくていいんですよ。わかってますから。君はデネブくん。桜井くんはとっくに出奔《しゅっぽん》してる」

「そーだねえ……い、いや、ちがう。俺は侑斗。桜井侑斗だ！　侑斗をよろしく！」

「私はそれでもかまいませんが、君は、桜井くんと離れて平気なのですか？　生真面目な彼のことです。平泉に先回りして、迎撃態勢をととのえようとかしてるんでしょう。それを私が見のがすと思います？　もし二重三重のワナをしかけてたら……？」

「え、ワナを……？」

「というか、桜井くんがこの時代に来た瞬間から、私のワナにハマっているのです」

「侑斗、侑斗〜〜〜！」

「いまさらジタバタしても間に合いませんよ。でも、ひとつだけ安心してください。このあと、デンライナーが来て、私をほろぼしますから」

「……なんだって⁈」

「机上のシミュレーションでは、ですけどね」

景時はほくそ笑み、ようやく戦いに目を向けた。

奥州側の奮戦むなしく、ゾンビ兵たちの大波は空堀を乗りこえ、人間たちを飲みこんでいく。

「私がほろびても、私の目的は達成される。桜井くんのおかげでね。彼はすでに、計画の一部なのです」

「ゆ、侑斗が……！」

「桜井くんが出奔するのは、キャラからして仕方ないとして、できれば、君まで行かないでほしいんですが」

景時は、ちょっとさびしそうな目になった。

「私がほろびたら、だれが私の功績をつたえてくれるんでしょう。だれかに、私のやったことを見てほしいものですが……」

「タイムパウダーが何をしたって、そんなの、つたえる必要ない」

「タイムジャッカーですよ、デネブくん」

×　×　×

オーラがちがうというのだろうか。

いるだけで、衆目をあつめる人間がいる。源義経は、まさにその人だった。

みんなイーブンなはずな軍議の席で、義経のところにだけ、スポットライトが当たっているように見える。

そのことを意識しつつ、評定衆はカンカンガクガクしていた。

「敵大軍が、白河《しらかわ》を突破したとのこと」

「たとえ何万来ようとも、阿津賀志山《あつかしやま》を抜けられるはずはない」

「阿津賀志山には、三重、四重の防塁をきずいておるからな」

「敵は三軍に分かれて進撃中という情報も入っております。もし東西から回りこまれたら……」

「主力が奥大道《おくだいどう》から来るのはまちがいない。それをふせぐのが先決じゃ」

ケンケンゴウゴウする議論を、義経は一蹴した。

「どっからどう来ようが関係ないじゃん。ぜーったい平泉で合流するに決まってんだから。ここで迎え撃ちゃいいじゃん」

「えっ」

一同は絶句した。

「それでは、平泉が敵に蹂躙《じゅうりん》されることに……」

「だから何？　僕たちの目的は、街を守ることだっけ？　ちがくない？」

「それはそうですが……」

「じゃ、話を先に進めていいかな。僕たちは、陣をここ接待館《せったいだて》にかまえる。そして、山に兵を伏せておく」

「関山《かんざん》に?!」

口々に反対意見が出た。

「あいだに川があります。兵もすぐにはわたってこれません」

「敵も、平泉まで到達したら、まっさきに関山を包囲します。関山にある中尊寺《ちゅうそんじ》は平泉の象徴ですから……」

「われらが、かつて水沢《みずさわ》で朝廷軍に大勝したのは、敵を北上川《きたがみがわ》に追い落としたからじゃ。川を背にしたら、その轍《てつ》をわれらが踏むことになるぞ」

「――ってのが凡人の発想ってやつだねー」

義経はからからと笑った。

「敵も同じように考えてくれれば、僕たちの勝利は決まったようなもん。そこが付け目なんだ。山と言ったって、兵を伏せるのは、すぐ裏手の関山じゃない。上流の月山《がっさん》だよ」

「月山ですと⁈」

「関山を包囲した敵兵はカラ振りする。そのすきに、伏兵が舟に乗って下流へと回りこみ、正面攻撃してきた敵の退路を断つ。挟み撃ちするつもりが、逆に挟み撃ちされちゃうって寸法だね。ヤツらがおたおたしてるうちに、僕たちが敵主力の首級をとる」

さらに反論があいついだ。

「月山に兵を置くくらいなら、衣川関《ころもがわのせき》に防衛戦を張ったほうが得策なのでは……」

「兵が、敵前をすり抜けるってことですよね」若手も首をかしげる。「衣川《ころもがわ》は狭いです。関山を包囲した敵の目の前を、一列になって通過することに……飛んで火に入る夏の虫になりますよ」

「もちろん夜戦だよ。敵には見えない。それに、川なんか狭ければ狭いほどいいんだよ。六韜《りくとう》にいわく、『少きを以《もっ》て衆《おお》きを討つは、必ず日の暮れを以て深草に伏して、隘路《あいろ》に要せよ』」

「それって敵を狭い道にさそいこめという意味では……こちらが狭い道に入るのは逆です」

「敵が夜まで待ってくれるともかぎらんぞ」

義経はイライラと言った。「逆だからこそ奇襲になるんだ。孫子《そんし》いわく、『戦いは奇を以て勝つ』」

「その前に孫子は言っておるぞ。『戦いは正を以て合う』とな。まず正攻法で当たり、膠《こう》着《ちゃく》したら奇襲をためせという意味じゃ」

いさめる重鎮に、義経は侮蔑したような目を向けた。

「君たちに六韜《りくとう》や孫子の何がわかんのさ。田舎《いなか》武者のくせに。でも、いい実例をしめしてくれてありがと。敵も田舎武者だから、君らとおなじ凡庸な発想をするはずだよ。つまり、この作戦は成立するってこと。僕の言うとおりにやれば、ぜんぶうまくいくんだ」

義経のジト目を受けた一同は、プレッシャーに負けて押しだまった。

「じゃ、そういうことでいいかな」

「いいわけないだろ！」

侑斗は、ガラリと板戸を開けて軍議の席に分け入った。

思わぬ闖入者《ちんにゅうしゃ》に一同が凍りつく。

そのあいだに、侑斗は座を見まわした。

会議場というより、裁判所のようだ。スクール形式の席配置になっている。

整列している二十人ばかりの幹部連中に対峙《たいじ》して、上座に義経が鎮座し、その両サイドを陪臣がかためている。

そうした席配置でなくても、義経はめだっただろう。たとえ侑斗が背中を向けていたとしても、義経がはなつ、おびただしいオーラに、振りむかざるをえなかっただろう。

「侑斗……」

陪臣の中にいた弁慶がつぶやいた。

それまで、この巨漢の存在が目にはいらなかったほど、義経の前ではちいさく見えた。

義経が侑斗に顔を向ける。ようやくいま気づいたかのように。

「君は……ああ、カナリツヨイクンか。久しぶりだねー。で、何か言った？」

「あんたの作戦はうまく行かない。というか、どんな作戦も通じない。押しよせてくるのは、人間ばなれしてる連中だから」

「人間ばなれ？　おもしろいこと言うね。人間じゃなかったら、オバケかなんか？」

義経の口もとが皮肉そうにゆがんだ。

「あんたも海で戦っただろ。あの死人兵どもが、鎌倉軍の主力なんだ」

「また平家の怨霊？　今度は川にでも落としてやるかー。楽勝楽勝！　あんなのに百匹も来られたら、さすがにしんどいけどさー」

「百匹どころじゃない。三十万来る」

「三十万……」

「奥州十七万騎だか知らないが、持ちこたえられない」

義経は一瞬だまりこくり、ついで爆笑した。

「君、ホントにおもしろいね。墓をほじくりかえして、平家軍を歴代あつめたって、三十万になんかとどきゃしないんだけど」

「平家とか源氏とか関係ない。キノコだ。キノコが、死体や生きてる人間に、かたっぱしからとり憑《つ》いて、攻めてくるんだ」

「どっちなんだい、攻めてくるのは。怨霊なの、キノコなの？　怨霊だったら、中尊寺の坊主が相手をするし、キノコなら……そうだ、弁慶。お前、シキタケ料理が得意だったな。料理してやったらいいじゃん」

「義経」

弁慶が、のっそりと頭を下げた。

「この男――侑斗は、俺の見たてでは冗談で物を言う男じゃない。彼の言うことにウソはない」

「弁慶の見たてかー。お前の言にしたがってえらんだ十一人の女がどうしたか、わすれてないけどねー。そういや、コイツを海でひろったのもお前だったけどさ、コイツ何なの？　陰陽師《おんみょうじ》的かなにか？　それで、ヘンテコなヨロイつけて、竜をやっつけたわけ？」

「あーあ！」

侑斗はめんどくさくなって腰を落とし、あぐらをかいた。

「がっかりしたよ。俺は、あんたをちょっと尊敬してた。常識やぶりでも、とにかく戦いに勝とうとする男だって。奇襲の名手だが、さぞかし正攻法でも強いだろうなって。でも、ちがうらしい。あんたがやりたいのは、マウンティングだ。人に感心してもらいたいんだ。拍手がほしいんだ。奇策のための奇策。勝つための手段じゃなくて、手段のほうが目的なんだ」

「はあ?」

「ブラザーコンプレックスだか知らないが、自分が頼朝よりスゲーって認められたいだけなんじゃないか?」

「貴様!」「判官どのに向かって、無礼者!」

暴言に、列席の武士たちがいっせいに立ち上がり、腰の刀を抜いた。

侑斗は動ぜず、義経の顔をじっと観察した。

挑発に気色ばんではいるが、怒っているようすはない。むしろ自省しているように見えなくもない。ホッとした。まだ救いはある。

抜刀した武士たちが、じりじり迫るなか、

「義経さま、皆々さま!」

鬼が横ざまにスライディングしてきて、侑斗の前で平伏《へいふく》した。

「弁慶が言ったとおりだ。この男、皮肉は言うけど、冗談は言わない。冗談を言っても、つまらない。お願いだ。侑斗のやつに耳を貸してやってくれ!」

言葉はぶっきらぼうでも、その態度は真剣だった。

赤毛の少女に懇願され、武士たちが気をそがれたとき、

「で？」

義経が言った。

「桜井侑斗だっけ。聞こう。君が言いたいことってのは？」

「奇襲が有効なのは、相手がうろたえて正常な判断ができなくなるときだ。でも、今度の敵はうろたえない。ただ淡々と攻めてくる」

「うろたえない人間なんている？」

「だから、人間ばなれしてるって言ってるだろ」

「義経さま、私もさんざん見た。敵兵を。侑斗の言うとおりだ」

鬼が言いそえた。

「…………」

義経は一瞬だけ『考える人』のポーズをとり、

「で、どうしろって？」

「逃げてくれ」

「は？」

「静を守ってくれ」

「……静ちゃんを」

「敵の最終的な計画は、俺にもわからない。だが、海であんたをねらったのと同じように、静もターゲットだ。あんたらが逃げおおせてくれれば、敵の陰謀はくじけると思う」

「なんで静ちゃんをねらうの？」

「あんたの子を宿してるからかもしれない」

「それなー」

義経はため息をついた。

「僕が最後に静ちゃんに会ったのは、一年以上前なんだけど」

「えっ？」

「それって僕の子じゃなくない？」

「…………」

「どこの馬の骨ともわからない男の種を宿して、いけしゃあしゃあと頼ってこられたって困るんだけど、弁慶や鬼が泣いて頼むから、かくまってるの。もしかして弁慶の子だったりして。あ、弁慶は僕と同行してたから、鬼の子かな？　なーんちゃって」

「…………」

「君の言いたいのはなんだっけ。正攻法で戦え？　それとも静ちゃんを守れ？　どっち？」

「…………」

佑斗は混乱し、二の句も継げずにいた。

「貴重なご意見ありがとう、だね。これにて軍議は終わり！」

義経が席を立とうとするのを、

「……待ってくれ」

佑斗は止めた。

「ご意見はもう聞いたけど？」

「ふたつだけ聞かせてくれ。自分が死んだと偽情報をまいたな。何のためだ」

「僕の策じゃないよ。でも結果的にはよかったかな。さっきの孫子じゃないけど、ずっと膠着状態だったから、敵をカッとさせれば事態は動く。とくに景時は挑発に乗るもんね」

「あんたじゃないって——だれの発案だ」

「それが二つめの質問？」

「いや。……あんたのニセ首、だれの首だ」

「知るもんか。僕の策じゃないって言ったろ」

義経は去っていった。弁慶たち陪臣が、粛々と付きしたがう。

廊下を遠ざかりながら、義経の声が聞こえてきた。

「聞きゃいいじゃん。ニセ首を送ったのは、そこにいる鬼なんだからさ」

「……鬼が？」

侑斗は鬼を見た。

鬼は、平伏を解かずに床に突っぷしたままだった。

×　×　×

この時代に流れついたときには、まだ冬の星座だった。

それが、いつしか夏のよそおいに変わりつつある。

東の空に、夏の大三角——わし座のα《アルファ》星、こと座α星、そして、はくちょう座α星が、姿をあらわしていた。

（アルタイル、ベガ……デネブ）

星の名を、ひとつひとつ心で呼びながら、なつかしい顔に無性に会いたくなったのを、侑斗は振りはらい、厩《うまや》に向かった。

鎌倉からずっと乗ってきた馬は、まだ健在だ。

馬に乗りなれていないのがかえって幸いして、乗りつぶす心配はなかった。馬が疲れるよりも先に、乗り手がギブアップしてしまうのだ。むしろ馬のほうが、こっちを気づかってくれてる雰囲気すらある。

もとの名前があるのかどうか知らないが、そろそろ名前をつけてやりたい。

何かいい名前は……。
（デネブ）
ほかにネーミングを思いつかないのか？

馬の世話をしながら自嘲したとき。

ぬくい風にのって、笛の音がきれぎれに聞こえてきた。

そのマイナーな韻律もなつかしい。侑斗の足は、しぜんと笛の音のほうに向かった。

畑を歩いていくと、塀にへだてられているわけでもなくシームレスに、ととのえられた庭園になり、貴族風の屋敷が建っていた。

人影が月明かりに照らされている。

笛の音が止《や》んだ。

「侑斗さんですね」

足音に、静が振りむいた。

「もう太郎とは言いません。心配していました。通達寺で別れたきり、音沙汰がなくて」

「俺も、あんたがちゃんと逃げてくれたか、ずっと気になってた。あんたを助けるために、ここに来たような気がしてたからな。……だが……」

「………？」

「俺は……数々の冒険をかさねてきたつもりだった。でも、今回ばかりはスジが読めない。あんたを助けたい気持ちに変わりはない。ないけど、あんたを助けるのが正解かどうか、自信がもてなくなった」

「あはは……」

静は、かろやかな笑い声をあげた。

先ほどまで空中を満たしていた笛の音のように、すずしげで、ピュアな音色がした。

「助けなくていいのですよ。私は幸せですから。義経さまのおそばにいられて」

「でも……」侑斗は言いよどんだ。「義経は、あんたを疑ってる」

「関係ありません。私は、この子が義経さまの子と知ってます。お疑いになるのは、義経さまの勝手。お慕いするのは私の勝手です。私は白拍子《しらびょうし》。ずっと気ままに生きてきました」

静は、手の笛を侑斗に差しだした。

意味がわからず、侑斗は静の顔をぬすみ見た。それまで、なんとなく直視できなかった。

「初音《はつね》という、唐国《からくに》の名物だそうです」

「そんな宝物を……どうしろと」

「侑斗さんは、数々の国をへめぐったのでしょうね。あなたにはおよばずとも、私も、母とともに遍歴の旅をつづけました。それでわかったことがあります。ほんとうに大切なものってすくないのです。私にとっての宝物は、義経さまと、母と、仏様と、この子――多すぎですね。ひとつ増えてしまいましたので、何かひとつ手ばなさないと、仏様に怒られそうです」

「………」

「捨ててください」

「わかった」

受けとった横笛が、静のぬくもりを帯びていた。

侑斗は、何も言わずにきびすを返した。

これ以上、静に聞くことはなかった。

畑をあるいていると、人影が待っていた。

夜光塗料でも塗っているかのように赤毛が光っている。

細いあぜ道を、侑斗は鬼をすり抜けた。

「侑斗、どこに行くつもりだ」

「アツカシ山だかなんだか、とにかく南だ」

「なんで」

「鎌倉軍を迎撃するために決まってるだろ。さっきの軍議、義経に押しきられたかもしれないが、奥州軍は出陣する。いくら義経を立ててみせたって、国を守るのが本分だからな。でも、あの敵には勝てない。すこしでも加勢する」

「あんたがひとり加わったって大勢は変わらない」

「どうかな。言ったろ。俺はかなり強い」

「…………」

鬼はだまりこくった。

歩いていく侑斗との距離が離れた。

初夏の風がつよまってくる。

「なぜ聞かない？」

風のまにまにまぎれて、鬼の声が聞こえてきた。

侑斗は歩みをとめずに答えた。

「ニセ首のことか？」

「そうだ」

「聞きたくないからだ」

「…………」

「俺は見た。だれの首かはわかってる。いきさつも見当はつく」

「…………」

「お前には関係ない。俺の問題だ。この時代は、首をとったりとられたり、そういう時代だ。でも、そんな理屈じゃなくて、俺はお前をにくみたい。にくむべきなんだ。でも、なぜかにくめない……。そういう自分におりあいがつけられない」

「………」

鬼が、すっすと音もなく近づいてきて、なにやら包みを差しだした。

「乾しシキタケだ。デネブに渡してくれないか」

「………」

「信じてくれ。苦しませてはいない。一刀で首を落とした」

「………」

無言で包みを受けとった。

「それと……これを返す」

腕時計をとりだした鬼を無視し、歩みを速めた侑斗に、鬼はいま一度声をかけた。

「侑斗、行くな！　あんたは強い。私は知ってる。でも、この戦《いくさ》、勝てない」

「かもな。義経を説得しろ。静を連れて、ここから逃げろ」

「負けるとわかってて、どうして……」

「お前、もうすこし利口なヤツだって思ってたけどな」

侑斗は心底あきれた。

「子供宿してる女性を助けるのに、理由、要るか？」

9 ▼ 決戦！　アツカシ山

デネブは、侑斗を乗せて馳《は》せた。

けっきょく、馬はデネブという名前になった。ほかに名前を思いつかなかった。

サラブレッドほど体がおおきくもないし、スピードもないが、馬力はハンパなかった。

まるで疲れを知らなかった。

さらに彼の本領発揮は、山道に入ってからだった。

わめき声がひびいてくる。喊声《かんせい》とも悲鳴ともつかない。侑斗はそれを避け、中腹へと、ななめにのぼりながら、山を回りこもうとしていた。

この時代の国見山《くにみやま》は、草山である。

吉野山にくらべたら丘とでも呼びたくなる低山なのに、それ以上の難所といえた。

獣道もへったくれもない。草がみっしり生いしげり、そのしたには、岩もゴツゴツ飛びだしている。木も野放図に生えている。一歩ごとにトラップが待つジャングルのようだ。

そんな悪条件をものともせず、馬のデネブは、勝手知ったる裏庭のように進んでいく。

むしろ馬上の侑斗のほうが、木の枝にあおられて音をあげたくなるいきおいだった。

視界がひらけてきた。

福島《ふくしま》盆地側に抜けたのである。

馬を止め、侑斗は目を見はった。

下界が、兵で満ちみちている。

百八十度みわたすかぎり、視界のすべてが鎌倉軍。ゾンビ兵の海原だ。

かれらが立てる砂塵《さじん》が、かすみとなり、南にそびえているはずのアダタラ山の姿までもかくしている。

三十万、と言ったのは景時だ。

侑斗もそのまま義経に数字をつたえたものの、内心、ホラにもほどがあると思っていた。

この時代の人口は、侑斗の時代とは二十倍の開きがあるわけで、現代になぞらえれば、六百万ゾンビというスケールになる。映画でも、そんなの観《み》たこともない。イマジンのデネブじゃあるまいし、映画を基準にするのもナンだが。

しかし。

侑斗が目のあたりにしているのは、まさにそういう状況だった。

三十万に誇張はなかった。広大な盆地を、うごめくゾンビ兵が埋めつくしている。

対する奥州軍側の、防衛線もすさまじかった。

平野部に、くっきりと線が引かれている。

こちらの山の中腹から、防塁が延々とつづいていた。横から見たらWの字になる。盛りあげた土塁と、凝灰岩《ぎょうかいがん》を掘りさげた堀の二重奏。その長さたるや、阿武隈川《あぶくまがわ》であろう川を突っ切り、何キロにもおよんでいる。

せき止められた川の水が、堀を満たしている。水がのぼれない空堀の部分が、キラキラ黄色に光っているのは、籾《もみ》ガラか何かがみっしり敷きつめられているのだろう。敵の足をすべらせる作戦だ。

土塁の上からは兵が矢を射かけ、山からは投石機が石を落とす。

——阿津賀志山を抜けられるはずはない

奥州サイドの重鎮が、自信満々だったのもむべなるかなだ。平泉が無防備とあなどった自分を侑斗は恥じた。これほどの大工事には、周到な計画と、何ヵ月もの期間をかけたにちがいない。

ただし。

（……敵は、通常の人間じゃない）

ゾンビ兵は、堀に落ちてもおぼれない。矢に射ぬかれても意に介さない。

みるみるうちに、一の堀が敵兵の体で埋めつくされ、平らになっていった。

堤防が決壊するのを見るようだ。あれよという間に外堀が無効化される。人体によって充塡され、ただの丘になった。その上を踏んで、後続の兵が二の堀に殺到する。

全防塁が突破されるのは、時間の問題でしかなかった。

（鬼の言ったとおりだ。ひとりで何ができる……）

侑斗は自問した。

つぎの瞬間、苦笑した。

（できるできないは関係ないか。やると決めたんだからな）

あぶみを蹴ろうとした。

だが、馬はそれを待たなかった。

疾走した。

敵陣に向かって、まっすぐ走りおりていく。侑斗の心を読んだように。

（さすがデネブ）

侑斗は、ちょっと痛快な気分になった。

賭けは三つだ。

ひとつは、敵ゾンビ兵が歩兵であること。

騎馬のゾンビ兵は見たことがない。等活寺の死体ツリーのように群集しさえしなければ、馬で蹴ちらかせるはずだ。

そのために、平泉の鍛冶屋《かじ》にたのんで、馬の装甲をつくってもらったのである。

騎馬で歩兵に突撃する戦法は、まだこの時代にはない。弁慶が言ったように『やあやあ我こそは』が武士のならいだ。鍛冶屋に意図を説明するのに往生した。とにかく前方からの攻撃をはじき、馬をブルドーザー化したい。

馬のデネブの前半分は、ツルツルにみがいて油を塗った銅板でおおわれている。

その重量をものともせず、馬はまっしぐらに突っぱしる。

「変身！」

侑斗はゼロノスに変身した。

すると、デネブはさらにスピードを速めた。

フリーエネルギーが質量化し、乗り手はさらに重くなったはずである。だが、馬は侑斗の気合いを感じとり、戦闘モードにスイッチを入れたのだ。

平地に降り、敵陣に突入する。

馬と言っても、ポニーにあたる在来種だ。けれど、敵兵もそのぶん小さい。この時代の人たちの平均身長はもともと低いけれど、さらに死体となって、崩れたりちぢんだりもしている。デネブは敵兵をはね飛ばし、踏みつけ、ひたすら前へと進んだ。

迎え撃とうとする敵もほとんど皆無だった。馬の装甲を備えたのは杞憂《きゆう》だったかもしれない。敵兵は多すぎ、密集しすぎて、何が起こっているのか気づきもしないうちに、はね飛ばされていった。

一つめの賭けは成功だ。敵が思ったより多すぎたのと、馬のデネブのおかげで。

ゼロガッシャーを振るい、敵兵をはらい、侑斗は目をこらした。

二つめの賭けのほうがハードルが高い。

（見えた！）

侑斗はニヤリとした。

遠目に当たりをつけていたのに狂いはなかった。

腰越で見たような、白い旗が何本も立っている。敵本陣にちがいない。またも、侑斗の意志を感じたか、馬のデネブが、荒い息を吐きながらペースを上げる。

ゾンビ兵の海の中を、人馬ははしった。

といっても、泥沼を泳いでいるわりには早い、というようなものだ。進みは、はかばかしくはない。何十体とゾンビ兵をはね飛ばして道を切りひらいても、いっこうに近づいている感じがしない。

（もう少し、あと少し……）

侑斗は、はやる気持ちを抑えた。

いまさら焦ってもいいことはない。こうなることは、覚悟の上なのである。たとえ本陣にまでたどりつけなくても、一メートルでも一センチでも、距離をちぢめること。二つめの賭けとはそれであった。

馬のデネブの息が上がってきた。

脚がもつれ、あわや横倒しになりかけた。侑斗は、ゼロガッシャーを地面に突きだし、反動で馬体ごと体勢を持ちなおした。

限界だ。

気づけば、敵ゾンビ兵が反応できないほどのスピードはもう出せなくなっていた。

馬をねらって槍《やり》を突きだしてくるゾンビ兵もあらわれる。そのつど、剣でなぎはらい、ボウガンモードで撃ちたおすが、ひたひた押しよせてくる敵を一掃することは期待すべくもない。

人馬は、底なし沼にしずみはじめた。

何体かの敵兵の手が、馬体を押さえにのびてくる。

(デネブ!)

侑斗は心の中でさけんだ。

(デネブ!)

(侑斗! 侑斗なのか⁈)

心に、応えがかえってきた。

瞬間。

侑斗はさけんだ。

「デネブ、来い!」

ゼロフォームに変身した。

その手に、ぴたりとデネビックバスターがおさまる。

「三つめの賭けも成功だったな」

仮面の中で、笑みがこぼれた。

「賭け？」

「お前が、言いつけを守って、景時にくっついててくれることだよ。そうすりゃ、敵本陣に近づきさえすれば、お前とのリンクが取り戻せるからな」

いいながら、デネビックバスターを斉射した。

ゾンビ兵たちが蒸発していく。

いかにデネブのフラストレーションがたまっていたかということだ。威力は段ちがいだ。侑斗は撃ちまくった。

「侑斗、いくら撃ってもラチあかないぞ」

「何もしないよりマシだ！」

「そのとおり！　ずっと、何もできなくて辛《つら》かったぞ！　たっぷりグチ聞いてもらうからな。カゲノキのオードブルなんかにされて」

「オブザーバーな！」

耳をつんざく銃撃音の中でも、心と心でリンクしている互いの声は聞こえる。感情もつたわる。

侑斗もデネブも笑っていた。

絶体絶命状況には変わらない。どんなに敵の数をけずっても、しずみゆく舟の浸水を、ひしゃくですくってるにひとしかった。

デネビックバスターがうがった穴を、たちまち、もっとたくさんの敵兵が埋めつくす。遠からず、包囲の輪はふたりと馬を覆いつくすだろう。

でも、ひとりで死ななくてもよくなったのは確かだ。

「侑斗、このお馬さん、いい馬だね。ぜんぜん怖がらない」

「いい馬だろ」

「名前、つけたのか？」

「……デネブ」

「デネブ?!　ひどい。俺を馬あつかいするなんて」

「むしろ馬に悪いことしたと思ってるけどな。でも……ほかに名前思いつかなくて……」

「………」

デネブはだまりこくった。憤慨したのだろうか。

だが、ふたたび口をひらいたデネブの口調は、笑みをふくんでいた。

「侑斗、頼みがあるんだ」

「グチならあとで聞く」

「グチはもう言ったよ。アレやってほしい」

「アレ？」

「俺をフルチャージしてくれ。百回でも千回でも。たぶん、この辺の敵なんかぜんぶ吹き飛ばせる」

「バカ言え！」

侑斗は血相を変えた。

「お前バラバラになるぞ。ゼロガッシャーみたいに再生できるわけじゃないんだ。それに馬だって……」

「わかってくれる。コイツもデネブだ。侑斗を助けるためなら、なんだってする」

デネブの声は、かぎりなくやさしかった。

「侑斗も生きのこれる保証はない。賭けだ。でも、チャンスはゼロじゃない」

「…………」

「かんがえてたんだ。ずっとカゲノキのそばにいて、ゾンビが増えていくのを見て。侑斗なら、きっと正面切って戦うって思った。そのときは俺が爆発しようって決めた」

馬が一嘶《ひとな》きした。

侑斗の手が脱力したすきに、デネブは銃のすがたで、馬のたてがみをなでた。

「ほら、馬のデネブもおなじだ。お馬さんの言葉はわからないけど、心の中ではそうおもってる」

「…………」

「ためらうな、侑斗！」デネブの声がきびしさを帯びた。「俺の知ってる侑斗は、かなり強い！」

「…………」

侑斗はカードを取りだした。

フルチャージする。一回、二回……。ふるえる手を、気力でおさえてチャージする。

十回、十五回……。

「侑斗、もっと早く！」

デネブの叱咤《しった》が来る。エネルギーの充塡を、全身全霊で溜《た》めこんでいる。

チャージ中は攻撃がままならない。ゾンビ兵どもは映画みたいに均一じゃない。活《い》きのいいのとそうでもないのとがいて、元気なやつはゾンビ映画で言えば『バタリアン』級の勢いでおどりかかってくる。チャージが遅れれば遅れるほど、スキをつくる。

中途半端なタイミングで暴発したら、デネブのがんばりは台ナシだ。

二十回、三十回……。

「侑斗」

「デネブ」

「くやしいけど、もう限界だ。あと一回だ。百回千回行けると思ったのに……」

「デネブ」

「侑斗と契約できてよかった。さあ！　ラスト一回！」

「………」

侑斗はカードを手にした。

爆発が起こった。

×　×　×

爆発は、侑斗の周辺を円形になぎ払った。

三六〇度、見わたすかぎり、火柱があがっている。

じゅうたん爆撃だ。

「なんだっ？」

侑斗は見あげた。

デンライナーが飛来していた。

デンライナーには、侑斗がひそかにサルダンゴと呼んでいる、爆雷装備がある。精度が甘いかわり、威力はすさまじい。いま目撃しているのが、それだった。

サルダンゴは直撃をくらったゾンビ兵どもを消滅させつつ、熱波で周辺のゾンビ兵をも燃えあがらせた。死体がメインだから、水分がとぼしい。

デンライナーは旋回しながら、サルダンゴを落としつづける。

周囲は火の海と化した。

その光景をぼうっと見つめていた侑斗の耳を、銃撃音がつらぬいた。

「何ボケッとしてんの？　この辺の敵は、みんな僕が倒すけどいいよね？　答えは聞いてない！」

紫のイマジンが、銃を乱射しながら突っこんでくる。

「大口たたいてる余裕ないでしょ！」

そのイマジンに、後ろから襲いかかったゾンビ兵を素手で粉砕したのは、ミニスカートの少女だった。

「ハナ！」

「侑斗、無事だったのね。よかった……っていうか、あんたも戦いなさいって！」

「だな」

侑斗は苦笑した。手もとのデネブも興奮している。

「反撃だ！　エネルギーはじゅうぶん溜まった。千万回でも億万回でも撃てるぞ！」

「そんなには要らなそうだけどな！」

侑斗は、デネビックバスターを撃ちまくった。

敵をたおすことより、トリガーを引くたび、デネブの体に溜まりにたまったエネルギーの圧力が減っていくのがうれしかった。

四人がかりの攻撃で、たちまち、爆雷がつくった炎の壁の内側から敵の姿は消えた。

ミニスカ少女――ハナと、紫のイマジン――リュウタロスが合流する。

馬を降り、侑斗は聞いた。

「ハナ……どうして」

「キンタロスのほうがマシだと思ったんだけど、起きてくれないし。リュウタでも、私がついてれば大丈夫かなって」

「それじゃない。どうして来てくれた」

「お前なんか死んでもいいんだけど、お姉ちゃん泣いちゃうから」

リュウタロスがいじいじと言う。ハナはそれを無視して、

「時の運行があぶないぽかったからね」

「……俺たちの状況がどうしてわかったのか聞いてるんだが」

「え、最初からわかってたよ？　あんたがこの時代に来てから、ずっとモニターしてたし。デネブに超時空間盗聴器つけたから」

「は?!」

「例の緊急鉄道電報の話のあと、侑斗がぜっっっっっっったいあやしい動きをするってオーナーが言ったの。良太郎が心配して、うるさいから、こっそりデネブに盗聴器つけた

わけ。ってわりに、オーナーはチャーハンしか興味ないし、良太郎は、自分の時間に帰らなきゃでしょ。仕方なく、私がときどきモニターしてた」

「だったら、なんでもっと早く来ない」

「静って人がキレイとか、鬼って子がカワイイとか、そんな話しかしてなかったじゃない。あとは食べ物の話ばっかり。カレーおいしいとかシイタケ入れるなとか。でも、聞いてるうちに、ノンキなのはあんたたちだけで、時の運行に危険がおよぶ状況になってるんじゃないかって思って」

「お前な……」

侑斗はその場にくずおれそうになった。

ハナの解釈はさておき、北極星をさがしたり、日時計つくったり、デンライナーに連絡つけようと奮闘したのは何だったのか。それに超時空ナントカなんて便利アイテムがあるなら、なんで緊急電報は一文字十年みたくユルいのか。

三六〇度、火柱が立ちつづけている。

上空のデンライナーは、侑斗たちのいる位置を中心に、旋回をくり返し、サルダンゴの集中爆撃をつづけていた。空気中の酸素が減り、息ぐるしくなってきたほどだ。どんなにゾンビ兵が無数でも、この火柱バリアをくぐりぬけて近づけるのは一匹もいないだろう。

リュウタロスは飽きたらしく、お気に入りのシャボン玉マシンであそびはじめていた。

いくつものシャボン玉がふんわりと舞いあがる。

おもいがけず、ふっと口に笑みがうかぶのを侑斗は感じた。

シャボン玉の向こうに見えるのは灼熱地獄《しゃくねつじごく》。耳に聞こえるのは、サラウンドの爆撃音。情景は平和にはほどとおい。それでも、ひさしぶりに安全というものを味わう瞬間だった。

その気分に、水を差したのはデネブだった。

「カゲノキの言ったとおりだ……」

ひとりごちた。

「え？」

「あいつは言ってた。デンライナーが来て、カゲノキをほろぼすって」

「なんだって」

「侑斗も計画の一部だって。侑斗、気をつけろ。あいつはなにかたくらんでる――」

（景時は何かをたくらみっぱなしだ）

――というツッコミを、侑斗はのみこんだ。

デンライナーが来ることを、景時は予期していた？

「おしゃべりは終わりだ――！」

侑斗はさけんだ。

平和でも安全でもなかった。

デンライナーは爆雷戦をやめない。つまり、侑斗たちから見えていない火柱サークルの外で、敵が無尽蔵に供給されつづけているということだ。こんな爆撃くらい、景時は織りこみ済みだったのかもしれない。

いまのうちに反攻するぞ！　――そう言おうとした、侑斗の言葉は、ついぞ発せられることはなかった。

時間が止まったからである。

轟音《ごうおん》に満ちていた世界が、だしぬけにしずまりかえった。

火柱は凍りつき、暖色の氷柱と化した。

ハナは、腰に手を当てたポーズのまま、マネキンのようにスタイルのいい彫像と化し、リュウタロスのシャボン玉も、オブジェとなって静止している。

人影があるいてきた。

凍りついた火柱をバキバキ折りながら抜けてくる。止まっている炎のかけらを、全身にまとわせている。

それを払いながら、

「熱伝導しないんで、熱くはありませんが、気分がいいものではありませんね」

「かげ……とき……」

「久しぶりですね、桜井くん。そちらの少女と小悪魔は電王のお仲間ですか。お目にかかれて光栄だ。いや、返礼はおかまいなく。それにしてもさすがです。デンライナーが来るとは読んでましたが、もっとあと——私たちが、平泉を蹂躙《じゅうりん》するころか、厨川《くりやがわ》まで行ってからのことだと予想してたんですよ。でも、ありがたい。結果的にベストなタイミングになりました。私を気づかってくれたなら望外の喜び——もちろん皮肉ですよ。こういう言い方するから嫌われるんですよね。部下にもよくたしなめられますが、クセというのはなかなか抜けないようでして」

「…………」

「桜井くんには、よく働いていただきました」

景時は、満足そうにうなずいてみせた。

「私の観戦武官にふさわしいと買ってたんですけどね。紳士的にオファーしたつもりでしたが、気に入ってもらえなかったようで残念です。約束やぶりだなんて怒ったりしませんから安心してください。デネブくんを置いていっていただけて楽しめましたので。むしろ、君に謝りたいくらいです」

「俺……が……」

「しゃべらなくて結構です。ぶっちゃけウザいですから。こう言いたいんじゃないですか？　——『俺が働いたとはどういうことだ。俺をどう利用したのか？』と」

「……………」

「今のこの状況が答えです。上をごらんなさい……って、君はうごけませんね。散文的で恐縮ながら、口で描写させてもらいましょうか。中国の水墨画で、竜が空中で決めポーズとってるの、見たことありますよね？　ちょうどあんな感じです。空というキャンバスに、デンライナーが描かれたようです。うつくしいし、力強い絵づらですが、それだけ。何もできない。このまま永遠に止まっていただきたいですね。おもしろくないですか？　太陽や月はのぼってしずむのに、デンライナーだけは空にとどまりつづけるんです。その不思議見たさに、世界じゅうから人が詰めかけて、一大観光地になったりして。ざれごとで言いましたけど、いいアイデアとは思いませんか？」

「……………」

「私がおそれていたのは、電王が、中途半端に介入してくることです。どうせ介入されるなら、その時期と場所をコントロールすればいい。そこで桜井くん、君が役に立ってくれたわけです。君の救出が電王の第一のミッションになってくれれば、電王は君のいる場所に来る。で、ごらんのとおりの結果になりました。あ、ごらんにはなれないんでしたね。またしても失礼しました」

「……………」

「君に謝りたいのは、そこのところです。電王を引きつけるエサとして、利用してしまいました。誤解しないでくださいよ。私が君のことを買っていたのは本心です。そんな君を、コマとしてつかうのは心ぐるしかった。で、コマを再利用していいのは将棋だけでしょうか。バックギャモンもそうですが、たいていのゲームでは、用済みになったコマは捨てるのがルールです。盤面にのこしてはいけない。お気に入りのコマでもね」

「………」

「さようなら、桜井くん。そして、愉快な仲間たち」

景時は腰の刀を抜いた。

そのとき。

「そういうことだったのね」

腰に手を当てたポーズのまま、彫像化していたハナが、いきなり姿勢をくずした。

「いろいろ疑問が解けた。それにしても、ずっと動かないでいるのってツラいのね。スタチューパフォーマーの人ってソンケー」

おおきく伸びをして、体のコリをほぐす。

「どういうことです。お前は……」

「《特異点》って知らない？　時の運行の変動に影響を受けない、特異体質なんだって。あんたが時を止めても、私には影響しないってこと」

「そ、そんなのがいましたか。だ……だとしても、お前ひとりで何ができるというのです！」

景時がハナに向かって剣を振るう。ハナは、ひらりとそれをかわし、

「私ひとりって言った？」

「なに？」

「《特異点》は、私だけじゃないのよねー」

「ハナクソ女の言うとおりだ」

野太い声が聞こえた。

「この良太郎も《特異点》ってやつらしくてな」

声の主が、凍りついた火柱の間を縫ってくる。

さきほどの景時同様、悠々と登場する気だったようだが、うまくはいかなかった。

氷柱のようになった炎にぶつかって、頭に火がつき、「あちち！」となったり、爆撃でささくれだった地面に蹴つまずいたり。

ようやくこちら側に抜けてきたときには、すっかりコゲコゲのボロボロになっていた。

それでも、侑斗の目にはたのもしくうつった。

「電王……」

景時がうめいた。

あらわれたのは、赤い電王である。

「俺は、最初からクライマックスなんだけどよ。そこのハナクソ女が、合図するまで出てくんなってうるせーから、おあずけ食らってた。だが、おかげでお前を倒すためらいってやつがなくなったぜ。お前ほどムカつく野郎は見たことがねえ。行くぜ行くぜ行くぜっ！」

赤い電王は、肩にのせていたデンガッシャーの剣をかざし、突進した。

景時が手をあげた。時を止めようとしたようだが、

「そんな手品、良太郎には通じねえって言ったろ！」

電王の勢いは止まらず、そのまま剣が景時をつらぬくかに見えた——

が。

とつぜん。

巨大な腕が、剣もろともに電王を張りとばした。

前ぶれもなく、にょっきり地面から生えてきたのである。

「おたがい認めざるをえませんね。私はあなたがたをあなどってましたが、あなたがたも私をあなどった。私も言っていませんよ、ひとりで来たなんて」

地面が沸きたった。

土砂が噴きあがる。空へと降る滝のように。

その中から、巨人のすがたが盛りあがり、徐々に全容をあらわしていく。

首をめぐらせられない侑斗は、拡張されたゼロノスの視界で見た。

人間をカリカチュアライズした巨大モンスターだ。地表に立ちあがったそいつの高さは、十五メートルはあるだろう。強烈な平手を受けて吹っとばされた電王は、尻もちをついてポカンと見あげている。

「なんでこんなデカブツが土に埋まってんだよ！」

（埋まってたんじゃない、いまつくられたんだ！）

声を出せないのがもどかしかった。

等活寺で見た死体ツリーの同類だ。ただ、比較にならないほど巨大だ。

サルダンゴの爆撃は、ゾンビ兵どもを焼きつくしたかに見えたが、穴をうがって地中に逃げた個体がいたのだ。それもおどろくほどの数。そいつらがあつまり、地表に出ながら群体を形成したのにちがいない。

その証拠に、ほとんどの個体は、人体のパーツとしては不完全だ。爆撃で欠損したか、穴を掘るなかで摩耗したか。

単体としては戦闘能力をうしなった個体が、それぞれ部品となり、群体となって、ケタ外れの破壊力をもつ巨大怪物と化したのだ。

茫然《ぼうぜん》自失している電王に、デカブツが進撃する。

「かわして、バカモモ！」

ハナが絶叫する。

電王も、ハッと気を取りなおして横にころがった。寸毫《すんごう》の差で、デカブツの足が地面にヒットする。この重量に踏みつけられていたら、ひとたまりもなかっただろう。

しかし電王もさるものだった。ころがった勢いを活かし、横っとびに体勢を立てなおし、大きくジャンプした。

デカブツのヒザにあたる部分に斬りつける。

（うまいぞ！）

侑斗はおもわず称賛した。

脚を斬られたデカブツは、バランスをくずし、グラリと横倒しになりかけた。

だが。

もぞもぞ……と全身を蠢動《しゅんどう》させたかと思うと、ふたたびデカブツは直立していた。

たおれながら、群体を機動的に組み替え、理想の体勢にもどしたのである。

「そんなのアリかよ！」

さしもの電王も悲鳴をあげた。

その機をのがさず、デカブツは連続攻撃をくり出した。踏んだり蹴ったりするだけではない。かがんでパンチやチョップも振るう。その風圧だけでも、電王を吹っ飛ばすのには充分だ。

電王もやられっぱなしではない。敵がスローモーなのに乗じ、果敢に反撃のチャンスをつかんだ。しかし、たとえダメージをあたえても、もぞもぞ……と組み替えが起こって、たちまち元《もと》の木阿弥《もくあみ》になってしまう。

「……ラチがあかねえっ！」

（ふしぎだね）

電王の頭の中に、良太郎の声がひびいた。

この体は良太郎のものなのだが、いまはモモタロスという赤いイマジンにのっとられ、持ち主の良太郎は精神だけになっている。

（なんで人型なんだろ。四つ足とか、ムカデ型とか、重心がひくいほうがうごきやすいと思うけど。もとが人だった記憶がのこってて、本能的に人型になるのかな）

「そこかよ！」

電王はブチ切れた。「そんなこた、どうだっていい！　こっちの身にもなってみろ！　コイツをどうしたら倒せるか、かんがえてくれってんだよ！」

（え？　モモタロスは楽しんでるんだとばっかり……？）

「楽しみたいのは山々だけどよ、そんな余裕はどこにもねえっ！」

（そうだったんだ。でも、あのゾンビの倒しかたは知ってるよね。ハナさんが傍受してた情報から、火が有効だってわかった。それでデンライナーで爆撃することにしたんだか

ら）

「そいつはわかってんだけどよ、どこに火があるんだよ！　俺に、火でも吹けってのか。大道芸人じゃねえんだぞ」

（火なら、あるじゃない。いっぱい）

「どこにだよ！」

（使いでありそうなのは、上のやつかな）

「上？」

良太郎に言われ、電王は上を見あげたが、景時が言うところの水墨画よろしく、上空に静止しているデンライナーしか見えない。

（モンキーボムのこと）

「モンキー……」

モンキーボムというのは、デンライナーの爆雷だ。侑斗の言うサルダンゴ。たしかに良太郎の言うとおり、雨あられと投擲《とうてき》された無数のサルダンゴが空中に……。

「止まってんじゃねえか！」

（動くよ。僕たちがさわれば）

「え？」

（時が止められてるはずなのに、さっき炎を抜けたとき、熱かったり、火が燃え移ったりしたよね？　きっと《特異点》の効果だ。僕が密接に関与したモノは、時の変動の影響が解除される。侑斗やリュウタロスまで動かすのは無理だろうけど。炎に効果あるんだから、爆弾くらい行けるんじゃない？　こうやって電王の武器もつかえてるし）

「理屈はわからねえが……」

電王は苦笑した。

仮面の中なので見えないが、その苦笑が、だんだん、会心の笑みに変わっていく。

「おもしれえ。やってみるか！」

デカブツの攻撃をかわし、電王は走った。

「逃げてもムダですよ、電王さん」

景時のイヤミのとおり、デカブツがのしのし思いがけないスピードで追いかけてくる。よけい好都合だ。

炎の壁が近づいてきたところで、

「よっ！」

電王はジャンプした。

低空で静止していたモンキーボムのひとつを、オーバーヘッドでキックした。

「行けえええええっ！」

はたして、良太郎の言ったとおりだった。

モンキーボムは爆発を起こした。

デカブツの胸のあたりに、火の手があがる。と言っても、デカブツだけある。火の粉を浴びたくらいのダメージしかない。

が、電王は結果を見とどけもしなかった。

跳びあがり跳びあがり、サルダンゴを、どんどんデカブツに浴びせた。

十発、百発……。

めんどくさくなってきたらしく、やがて、ジャンプするのをサボりはじめた。

性格的に、《作業系》に向かないのである。

剣の先っちょを飛ばして、サルダンゴをはじきはじめた。そうはうまくいかない。剣先がふれただけで信管がはたらき、その場で爆発してしまったり、あらぬ方向に飛んでってしまったり。

それでもコツをつかんだらしく、だんだんヒットするようになってきた。

「よっ、はっ、ほっ……とね」

しまいには、地べたに寝そべって、適当に剣を振るうようになった。

すでに、デカブツは完全に炎につつまれていた。

身もだえしながらくずれおちていく。苦痛のさけびが聞こえる気がした。

炎上するデカブツを、呆然《ぼうぜん》と見ていた景時は、視線を無理やり引きはがすようにして、侑斗に目を向けた。

「桜井くん……」

剣を握りなおし、迫ってくる。

「ひと思いに殺してしまっては、いま私があじわわされた精神的苦痛には見あいません。時をゆるめてあげます。すこしでも恐怖と苦痛を感じていただけるように」

その言葉どおり、自分を拘束していた静止した時間が、ふたたび流れはじめるのを侑斗は感じた。

デネビックバスターを持った腕を上げようとする。

だが、侑斗の時間は通常の何分の一のスピードしかとりもどしていない。そのうごきはスローモーションすぎ、銃を景時に向けられるまでには、悠久の時間がかかりそうだった。

「侑斗っ！」

状況に気づいたハナが、かばおうと駆けよってくる。

そこへ。

撃った。

デネブが溜めにためた、最大パワーを。

――ハナの足もとに向かって。

「ええーーっ?!」

銃撃の衝撃を受け、ハナは、つんのめって地べたに突っぷした。

とたん。

地震がおこった。

地面のいたるところに、ひびわれが走った。

よろめいた景時の足もとが盛大に陥没した。一メートルちかい亀裂が、景時を飲みこむ。下半身がすっぽり落ちこんだ。空中に手をおよがせるが、どうにもならない。

「な、なにごと！」

悲鳴をあげた。

その額に、ぴたりとデネビックバスターが据えられた。

時の静止は、すっかり解除されている。

「さ、桜井くん！　どうやって……」

「時をゆるめるべきじゃなかったな。俺がねらったのはお前じゃない。ハナだ。ハナに、地面をさわってもらいたかった」

「じ、地面を……？」

「ゾンビどもが地下を掘りすすんだ結果、この辺の地盤はユルユルだ。お前が時を止めたせいで、持ちこたえているように見えてただけだ。さっきの電王を見ただろ。《特異点》

がふれたモノは、時の変動の影響が解除される。ハナがさわれば、地盤は一気にくずれる
――イチかバチかの賭けだったが」

「そ、そんな賭け……必勝法なんて、とうてい呼べたもんじゃありません。私があれだけ教えてあげたというのに」

「そうか？　お前から学んだことの応用なんだけどな」

佑斗はうそぶいた。

「戦いは、正面きってやっつけるやっつけないじゃない。相手のうごきを封じることだ。カネを巻きあげたり、約束でしばったり、時間を止めたり……勝つためにあの手この手を講じることにかけては、義経もお前も流派はちがえど、学ぶところ大だった」

「…………」

「デネブには、俺らしくないって怒られそうだが、本気で言ってる。だからこそ、俺にも謝らなきゃいけないことがある」

「なんですか？」

「お前にも、最初に言っておくのを忘れた。俺は、かなり強い」

「…………」

「お前の野望は終わった」

佑斗は、トリガーに指をかけた。

憔悴《しょうすい》しきった顔つきで、景時は穴ぼこから這《は》いだし、両手を頭のうしろで組んだ。刀はどっかにすっ飛んでいるが、侑斗は気をゆるさない。また時を止めるようなそぶりを見せたら、容赦なく撃ちぬく。

しかし、つぎの瞬間。

景時が見せたのは、予想外の行動だった。

後ろ手を組んだまま、侑斗に背中を向けて、走りだした。その方向には——

炎のかたまりと化したデカブツが燃えさかっている。

「景時っ！」

侑斗がさけんだとたん。デカブツがどうと崩落した。

景時をつつみこみ、火が地面を舐《な》めつくす。

侑斗ごときに負けをみとめるのが我慢ならなかったのか。自分の野望がついえさるのを座視できなかったのか。

「………」

立ちのぼる炎を見つめる侑斗に、電王たちが合流した。

ひひん、とどこかで嘶いたのは、馬のデネブだろう。いつの間にか、周囲の火の壁もおさまりはじめていた。

上空から、デンライナーの警笛が聞こえた。

10

死闘！厨川

時を止める攻撃に遭ったのは、侑斗にははじめての体験だった。

でも本来は、もっと馴《な》れていてしかるべきだったのかもしれない。

四体のイマジンは、あいかわらず、くだらないことでケンカし合い、ハナがツッコみ、添乗員のナオミはマイペースで、オーナーは我関せずとチャーハンを食べている。

侑斗の道具にされて盛大にコケたハナが、口をきいてくれなくなったことをのぞけば、デンライナー食堂車の光景は、以前と寸分変わりなかった。それぞれ、大冒険を経てきたばかりだというのに。

これを、時が止まっているという以外、何と表現したらいいのか。

うんざりする思いで、侑斗はオーナーの前にすわった。

オーナーはチャーハンをすくう手を止めない。

「ご苦労さまでした、桜井くん。駅長とのチャーハン対決がちかいので、このままで失礼しますよ……なんでしたっけ？　そうそう、ゼロライナーはサルベージできそうとのことです。不時着したのが浅瀬だったのが幸いしましたね」

「……悪い」

「礼なら私ではなく、整備チームに言ってください」

「で……このあとどうなる？」

「料金の請求とかありませんから、ご心配なく」

「そうじゃなくて」

「あ、時の運行のことですか？　奥州側は、平泉を捨てて厨川まで逃げますが、鎌倉方が攻めおとし、日本が統一されます。鎌倉時代のはじまりです。経路やダイヤはちがっても、おおまかな時の運行はまもられました。事件が解決したのは、君のおかげです」

「本当に解決したんだろうか……」

「どういうことでしょう」

「景時は、世界征服ってやつをめざしてたらしい。ゾンビ兵をつかってな。なら、義経や静をおそったのはなんでだ？　三十万のゾンビ兵を動員して世界をねらうようなヤツが、目の敵にするほどの相手じゃないだろ。個人的な確執があったとしてもだ……」

　オーナーは、スプーンをはこぶ手を止めた。

「君が疑問におもうのも、わからないではありませんが、容疑者が死んでしまった以上、解明するのはむずかしいでしょうねえ」

「それなんだ」

　侑斗は言いつのった。

「ヤツは自分がほろぼされることを予期してた。そしてほろびた。ヤツが言ったとおりだ。つまり、そこまでふくめて計画どおりってことじゃないか？」

「彼の死が偽装ということですか？」

オーナーは首をふった。

「それはありません。死体のDNAは、鎌倉にのこされていた彼の毛髪と一致しました」

「そうじゃなくて……なんて言ったらいいか……もやもやするんだ」

侑斗は頭をかきむしった。

「たとえば——ヤツは言った。俺をデンライナーを呼び寄せるエサにしたって。もっともらしく聞こえるよな。実際にそうなったから。でも、やっぱりおかしい。ヤツは、自分をほろぼすために、わざわざデンライナーを呼んだことになる」

「なるほど。たしかに矛盾してます。梶原景時を自称していたタイムジャッカーとやらの言動を、いま一度検証してみる必要があるかもしれませんねえ」

「アイツが何て言ってたか、反芻《はんすう》しようとしても、自分がムカついてたことしか思い出せない」侑斗はくやしがった。「ヤなヤツだった。こちらのカンにさわるようなことばかり、ペラペラしゃべった」

「それも自称・景時の手だったかもしれませんよ。ウラタロスくん、そういう手管はありますか？」

オーナーは問いかけた。

水を向けられた青いイマジンは、赤いのとケンカしながら耳をかたむけてはいたらしく、「典型的な手口かな。人って感情で動くからさ。怒らせたり、自分がみとめられてるって感激させたり、感情を揺さぶってあげれば、理性を封じて、行動をコントロールできる。いちばん効くのは怒りの感情かな。でも、なんで僕に聞くのさ。やだなあ。まるで僕が、嘘《うそ》つきやサギ師みたいじゃない」

「嘘つきやサギ師に言わせると、そうらしいです」

「たしかに、俺はヤツの言葉が、どこまで真実で、どこからフェイクか判断できなかった……」

「怒りをかきたてるのが、自称・景時の手練手管だったのかもしれませんね。桜井くん、君が言うもやもやとは、こういうことではないですか。事件が終わったように見えているのは見せかけで、自称・景時が立てた計画は、いまもって進行中だと」

「そうだ」

「彼自身が死んでしまっては、その計画がどういうものか知りようがない。それすらも、彼の作戦の一部かもしれないと」

「そうだ」

「でも、手がかりをつかむすべはありますよ。共犯者か実行犯かわかりませんが、計画をすすめている人物がほかにいるはず。それがだれだか、突きとめられさえすれば——」

「……そうだ」

「もしかして君は、見当ついてるのではありませんか？　自称・景時の共犯者に……」

「…………」

オーナーは、侑斗の顔をのぞきこんだ。

その顔は憂慮に満たされていた。

× × ×

厨川柵《くりやがわのさく》は、現代でいう盛岡市に位置する。北上川《きたかみがわ》と、雫石川《しずくいしがわ》が合流する、三角地帯にきずかれた要塞都市だ。

その名が全国にとどろいたのは、このお話から百年以上前のこと。奥州VS京都の戦争が十数年におよび、厨川柵が陥落して終わった。

鎌倉軍が奥州に侵攻するにあたり、ここまで進撃するのは既定路線だった。一世紀前の故事にならい、厨川柵を落とすことが〝奥州征伐〟を果たしたしるしになるからである。

そういうランドマークとしての意味あいはべつとして、この城柵の特徴が二つある。

二つの川がまじわって、自然の堀をなしていることと、北西に霊山・岩手山《いわてさん》を擁していることだ。

「穴をうがって植えろ！　水をかけるのをわすれるな！」

山の中腹で、号令を発しているのは鬼だった。

　岩手山は、活火山である。五百年くらい後に噴火して、様変わりしてしまうが、この時代には、標高二千メートルある高山の中腹まで、〝クリヤ川〟の語源になったのであろうクリの木がうっそうと生えていた。

　その枯れ木に、武士たちがクサビを打ちこみ、ヒシャクで水をかけている。

　ちまちました作業のわりに、表情は真剣である。むしろ鬼気迫るものさえあった。

　その武士たちの顔が、ぎょっと引きつる。

「ナントカタケってやつを植えてるのか」

　声をかける者がいたからだ。

　鬼も、ぎくりと振りむいた。

「……侑斗」

「………」

「ちょうどよかった。礼を言いたかったんだ。鎌倉方を足どめしてくれて」

「俺も礼を言う。よく義経を説得して、ここまで逃げてくれた」

「それを言うために、わざわざ来たのか？」

「いや。とりあえず用があるのは俺じゃない。お前でもない」

　侑斗は後ろをうながした。

　カゴを持ってすすみ出たのはデネブだ。

「ベンケーシー！」

デネブは呼ばわった。

「いるだろ、ベンケーシー！　約束を果たしに来た！」

ガサガサと森をかき分け、弁慶があらわれた。

「久しいなあ、デネブどの。約束とは……？」

「料理対決しようって誓いあったじゃないか」

「……たしかに。だが、いま俺はそれどころじゃ」

みなまで聞かず、デネブは地面に風呂敷をひろげ、カゴのシイタケを並べた。

木漏れ日につやつや光っている。

「一晩かけてもどしてある。ちょうどいいぐあいだ。もちろん戻し汁も持ってきた」

デネブは水筒をかかげてみせた。

「…………」

「最高のシイタケだよ。ベンケーシーは源兵衛に会ったことないよね。けど、料理しなくちゃいけない。俺と源兵衛を引きあわせたのは、ベンケーシーなんだから」

「…………」

弁慶の目に、すこしだけ理解の光がともった。

「わかった」

「たいていの道具はもってきたよ」

デネブはせおっていた調理器具をひろげた。

この時代には見なれないだろう、中華鍋やクッキングバーナーまでそろっている。

鬼をはじめ、武士たちが当惑しながら見まもるなか、料理対決がはじまった。

最初にできあがったのは、デネブの品である。

隠し包丁を入れ、塩と酒を振り、串で焼いただけなので早い。熱々のうちにふるまった。

「うまい！」

鬼が嘆声をあげる。

相伴にあずかった武士たちも、さっきまでのけわしさとは打って変わり、ほっこりした表情を浮かべた。

そうこうするうち、弁慶の料理もできあがった。

煮しめである。

戻し汁で炊き、味噌《みそ》を溶いて味つけしてある。

「しょっぱ！」

鬼が第一声をあげた。

武士たちもしかめっつらをしている。デネブにいたっては、味見したとたんに、衝撃のあまりのけぞりかえった。

「勝負あったな」

食べてもいない侑斗が軍配をあげる。

デネブが、心配そうに弁慶に駆けよった。

「なんでだ、ベンケーシー！　お前らしくもない」

侑斗も弁慶に近づいた。

「デネブに言わせると、濃すぎる味つけをしてしまう理由は、だいたい三つなんだとさ。味オンチか、風邪引いて舌がバカになってるか、自信がないときだ。お前はどれだ？」

デネブが侑斗に詰めよる。

「侑斗がうたがってるのは、ベンケーシーだったのか？　ヨギツネにゴボウを食べさせる工夫をするようなやつが、悪いヤツなはずない！」

「一応たしかめただけだ。容疑者のひとりだったからな。海でゾンビにおそわれたときもその場にいたし、俺たちを静のもとに送ったのも弁慶だ。だが、その料理があらわしてるのは、ことのなりゆきにそいつが困惑しているということだ。容疑者からハズしていいだろう」

「じゃあ、犯人は……」

「鬼だよ」

「鬼⁉」

「鬼が緊急鉄道電報を送ったと聞いたときから、うたがってしかるべきだった」

目を白黒させているデネブにかまわず、侑斗は、鬼をまっすぐ見すえた。

「この時代の発音は、俺たちの時代とはちがう。この時代は、静を『シヅカ』と発音し、つづってたんだ。デンライナーのオーナーに確認した。お前がこの時代の人間だったら、文面は『シッカ』になってなきゃおかしい。——景時とおなじタイムジャッカーだな？」

「………………」

「言ってたな。ニセ首がひとつならうたがわれても、ふたつなら攪乱《かくらん》できるって。それをやったんだ。タイムジャッカーなんてのが、ふたりもいるとはおもわないから、まんまと油断させられた」

「くっく……」

鬼はわらいはじめた。

「やっぱりお前はおもしろい。俺は景時の娘だ。養女だけどな」

「ひとつだけおしえてくれ」

侑斗は聞いた。

「作戦はなんだ？　静をまもっているお前が、なんで静をおそわせた？　ナントカタケを植えて、どうするつもりだ」

「ひとつじゃないじゃないか。でも、答えはひとつか。俺たちが平泉から撤退したから、鎌倉方の残党はここまで押しよせてくる。そのころ、このキノコが胞子を飛ばしはじめる。奥州方も、鎌倉方も、みんな感染する。総勢四十万にはなるだろう。その勢いを借りて、一気に海をわたる。北海道のエミシを吸収すれば戦闘力がアップする。エミシは、短弓に長《た》けているからな。和人の長弓は、飛距離はあっても連射や騎射に向かない。この時代に覇を唱えた民族は、例外なく短弓を駆使していた」

「お前のねらいも、世界征服ってやつか」

「あたりまえだろ。義経さまが、世界の帝王になるんだ」

「計画をペラペラしゃべって平気か？　まだ軍勢は完成してない。俺が阻止するぞ」

「平気だよ。だって、お前は俺をあなどってる」

「そうか？」

「俺を、ただのタイムジャッカーだと思ってるだろ？」

鬼の体から、砂がこぼれた。

砂がぶわっと噴きあがり、巨大な怪物のすがたを形成していく。ギガンデス・ヘブンだ。ギガンデスは、空へと舞いあがりざま、侑斗を攻撃する。

それをかわし、

「気づいてたさ。お前がイマジンの契約者だなんてことくらい」

鬼に向かって言ったが、契約イマジンが抜けた体は、意識をうしなって倒れている。

侑斗の言葉は、ほとんどひとりごとだった。

「ゼロライナーがぶつかった障害物、あれはこの時代に来たイマジンだ。障害物はふたつ。イマジンは二体来たってことだ。それにお前の一人称や二人称が『俺、私、お前、あんた』とブレるのが気になってた。俺をみとめてくれて、距離がちかづいたからと思った瞬間もあったが、そうじゃない。お前は二重人格だったんだ。本人が前面に出たり、イマジンが出たりしてたんだ……」

「そんなこと言ってる場合じゃないぞ、侑斗！」

ギガンデスが飛ばしてくる針を撃ちおとしながら、デネブがさけんだ。

「そうだな。反撃だ！」

侑斗の宣言に応じ、ゼロライナーが飛来した。

木々をへし折り、地面をかすめ、侑斗とデネブを収容する。

腰を抜かしている弁慶たちをのこして、空に駆けあがった。

コクピットのコンソールをさわったデネブが、口をへの字にする。

「うえー。ジメジメ。ベッタベタ！」

「文句言うな。引きあげてもらったばっかりなんだから」

水をしたたらせつつ、ゼロライナーは、ギガンデスとの空中戦に突入した。

まずは砲撃戦になる。

敵は、シッポの部分から針を連射し、こちらは二両目のプロペラから、光のナギナタを発射する。

たがいになかなか命中しない。空中戦闘機動においては、ギガンデスのほうが上だが、スピードではゼロライナーに分がある。

そうするうち、ギガンデスの針がヒットするようになってきた。

ゼロライナーは、電車だ。線路に乗ってすすむかぎり、どんなに速く移動しようとも、コースが読めるといえば読めてしまうのが不利だった。

たてつづけに打撃を受け、コクピットはてんやわんやだ。

「侑斗、こんなにグラグラ揺れたらもたない！」

「心配ない！　海の底でも耐えた車体だ」

「ちがうよ。冷蔵庫だよ！　食材がだいなしになっちゃう！」

「捨てろ！　何ヵ月もほったらかしだろ！」

「まだつかえる食材があったらもったいない！」

「早く決めるしかないってことだな！」

わめきながら、侑斗は、先頭車両のドリルを展開した。

ハンドルを切った。

大きくカーブし、敵に向かって一直線に突っこむ。

衝角《しょうかく》戦――体あたりだ。

当然、コースは読まれている。ギガンデスは針を撃ちつづけつつ、インパクトの直前に、ふっと横にスライドした。

そうするだろう、と侑斗も読んでいた。

問題は、どっちに敵が避けるかだ。

理屈の上では、可能性は三六〇度。だが、敵から見て右から突っこんできたら、思わず左に避けたくなるんじゃないか――侑斗はそこに賭けた。

『必勝法とは呼べませんね』

景時の嗤《わら》い声《ごえ》が聞こえる気がしながら、二両目のプロペラを全速で回す。

車体は急角度で脱線した。

横倒しになりつつ、空中を惰性で進む。その先には、どんぴしゃ、ギガンデスの体があった。

高速回転するドリルが、ギガンデスを粉砕する。

線路の支えをうしなったゼロライナーは、怪物の破片をまき散らしながら、きりもみで落下していった。

「あ〜〜〜、食材が全滅だ〜〜〜」

「うるさいっ！」

佑斗は、なんとか軟着陸しようとプロペラ操作に必死だった。

×　×　×

弁慶たちに介抱されて息を吹きかえしたものの、鬼はまだ、ぼうっとしている。

イマジンが抜けた直後の契約者が、だいたいそうなるように。

「まだ、質問にこたえてもらってなかったな」

佑斗はたずねた。

「お前は、静をおそいたかったのか、守りたかったのか。どっちだ？」

「………………」

「お前を、タイムジャッカーとうたがったのには、もうひとつ理由がある。義経は、静と別れて一年以上経《た》ってると言った。静本人は、ずっと吉野山にいたと言うし、義経の子を宿してると言う。だれもウソをついてないとしたら、証言の矛盾を説明する理屈はひとつしかない。静の時間が飛んだんだ。だれかが、静を連れて、時間をショートカットしたとすれば、理屈に合う。そのだれかは、ずっと静といっしょにいたお前だ。でも……そんなことをするのは、静を守るためとしかかんがえられない」

「……あんたが言ったんじゃないか。子を宿してる女性をまもるのに、理由なんか要らないって」

「そうだったかな」

「あんたは景時の計画を知らない。景時は、義経をジンギスカンにしようとしてた」

「やはりな。でも、絵空事にすぎない」

「その絵空事を、景時は実現しようとした」

「………………」

「この時代、世界じゅうに英雄がうまれて、世界史ってやつをつくっていく。この国は、内輪もめばかりして蚊帳《かや》の外だ。ずっとあと、秀吉《ひでよし》だの大日本帝国《だいにっぽんていこく》だのが、遅まきながら世界史デビューしようとして、とんちんかんやらかす。この十二世紀が、この国にとって最大のチャンスだったのに――」

「妄想だな」侑斗は決めつけた。

「わかってる。いまのは、景時の受け売りだ。私は歴史には興味ないが、いいと思った。それで静さまをたすけることができるなら……。静さまの子は男子だ。征服事業は一代では終わらない、跡つぎがいたほうがいいって、景時を説得した」

「………………」

「私の役目は、義経の九州行きを阻止するのと、《義経の首》を用だてて《ほんらいの歴史》を成就させること。そして、義経たちを北へといざなって、ここでゾンビ兵の軍勢を完成させることだった」

「頼朝を征夷大将軍《せいいたいしょうぐん》にとか言ってたのはブラフで、義経を祀りあげるのが、本当のねらいだったとはな。だが、計画は終わりだ。俺は山を焼きはらう。爆雷で東岩手山《ひがしいわてさん》を噴火させてな」

「わかってないなー」

鬼がわらっていた。

笑いで、くるしげに咳《せ》きこんだ。

「あんたが思ってるより、景時の計画は入りくんでる。祭りあげたのは、義経じゃない。……あんただ」

「なに？」

「ゾンビ兵っていう、わかりやすい敵をこしらえ、あんたを義経サイドに感情移入させて、奥州勢の守り神にしたてあげる——そうなったろ。鎌倉方は損耗し、奥州方は、ほぼ無傷で温存されてる。この山を焼いたって計画は終わらないんだ。義経たちは、すでに北に向かってうごきはじめてる。ゾンビになろうがなるまいが、奥州十七万騎が海をわたる。陸戦にも海戦にも長《た》けた軍神にひきいられて。お世継ぎまで擁して。歴史はおおきく変わるぞ」

「………」

「だからって、あんた、いまさら義経や静さまたちを止められる？」

「………」

「こうなる前に、あんたを殺したかったんだけどな。うっかり助けちまった。いいように景時につかわれてるのは、私もあんたもおなじだから」

「おかしいだろ！」

侑斗はさけんだ。

「お前、自分がないのか。景時だってそうだ。俺を手玉にとったくせに、デネブにだけは本音をもらした。自分がほろびても、自分がやったことを、だれかに覚えててほしいって。やりたいことがあるなら、自分でやればいいんだ。どうして他人まかせにする」

「……あんたにはわかんないよ。自分がない人間の気持ちは」

鬼はもう一度咳きこんだ。かなりよわっている。

咳《せき》の中から、切れぎれに言う。

「噴火なんかさせる必要はない。このキノコの感染力はもともとよわいし、胞子も、もう出ないだろう。遺伝子操作キメラなんかそんなもんだ。代をかさねられない。どうしても噴火させるなら、その前に、山頂から火をはなってくれ。動物たちに逃げる時間ができるように」

「いっぱい答えたな。質問は終わりでいい？」

「あと、ひとつだけある。それで終わりだ」

「なに」

「お前はだれだ？　イマジンとどんな契約をした？」

「やっぱりひとつじゃないじゃん」

また、鬼はわらった。

「でも答えはひとつかな……。私が願ったのは『だれかに名前を呼んでほしい』ってことだよ。実現しなかったけど」

「名前？」

「言ったろ。実の親にまで『鬼』と呼ばれつづけたって。慣れっこだけどさ。でも、私にも、ひとりくらい本当の名前を呼んでくれる人がいたっていいじゃないか」

「いくらでも俺が呼んでやる」

侑斗はうめいた。

「やっとわかった。なんでお前をにくめなかったか。お前も景時も、俺なんだ。自分ってやつをみとめてもらえなくて、あがいて苦しんで、ヨロイに身をつつんで……」

「………」

「お前の、本当の名前は何だ？」

「もう質問コーナーは終わったよ！」

ずっとぐったりしていたのは見せかけだった。

鬼は、バネじかけのように跳びあがった。

侑斗はうごけなかった。鬼が、手を伸ばして時を止めたからだ。

やはりタイムジャッカーだったのである。

弁慶たちのあいだを抜け、身をひるがえした。雫石川に向かって。

目の覚めるような赤毛が、川の急流にもまれていく。

時の静止が解けた。

川へと走りよる。

「お前の名前はなんだ！」

侑斗はさけんだ。

だが、その声はとどかない。

鬼の体は、怒濤《どとう》の中に見えなくなっていた。

0 エピローグ：鬼の名前

ふたたび、侑斗はオーナーの前にいる。

「整備チームが、『鬼』と自称していた少女の遺体を引きあげました」

オーナーは、腕時計を差しだした。

「君のものですね。気をつけてください。うかつに過去にのこすと、オーパーツになってしまいますから」

「…………」

「検屍《けんし》によれば……」

「やめてくれ」

侑斗は瞑目《めいもく》した。

「死因はわかってる。彼女を死なせたのは俺だ。それより、彼女が何者だったか知りたい」

「それはわかりません。タイムジャッカー……人間なのでしょうが、どの時代から来たのか、なぜ奇妙な能力を持ってるのか。しらべる必要がありそうです」

「たのむ」

侑斗はきびすを返した。

「おや、桜井くん、気になりませんか？　厨川から先、源義経一行がどうなったか」

侑斗は足を止めた。

「時の運行は変わったのか？」

「いえ。自称・景時のおもわくがどうあれ大勢に影響ありません。義経一行を追いかけて排除したりする必要はありません」

「だったらそれでいい。これ以上、この事件にかかわりたくない。犠牲者を出しすぎた。おかげで、うちのデネブはずっとしょげてる」

「気持ちはわかりますが。……『チンギス・ハーン』という尊称、どういう意味か知ってますか？」

「………」

「一説によれば、テュルク語で『荒れくるう海を支配する王』を意味するとか。大草原を駆けぬけた英雄に、どうしてそんな称号がつけられたのでしょうねえ」

「壇ノ浦を制した義経が海をわたって、チンギス・ハーンになったとでもいうのか」

「まさか。そんな可能性はほとんどゼロでしょう。でも、ゼロそのものじゃない。歴史というのは、『もしかして』の積み重ねですから」

「………」

「義経ジンギスカン説はトンデモとしても、こういう歴史もあります。モンゴル帝国が、日本攻略をこころみて果たせなかったのは有名ですが、もっと手を焼いたのは、十三世紀なかばからサハリンに侵攻したアイヌです。モンゴルの大軍を迎え撃ち、逆に大陸にまで攻めこんでいる。なんと四十年も交戦してます。よっぽど強力な指導者がいたんでしょうねえ」

「…………」

「もしかして、義経たちが北海道へとわたり、もしかしてアイヌと手を組み、もしかして義経の子なり、義経の戦術を受けついだ第二世代なりが、指導者となって、海を越えて、大帝国に挑戦したとしたら……いやいや、『もしかして』がおおすぎますね。でも、義経ジンギスカン説よりは可能性あるかも」

「俺をなぐさめようと言ってるのか」

「それも、『もしかして』ですね。可能性は低いでしょう。ただ……君に言いたいのは、私たちの仕事は、チャーハンすくいのようなものだということです」

オーナーは、ひとさじチャーハンをすくった。

「旗がたおれないように、どんなに気をつけても、いつかは絶対にたおれる。私がすくうせいです。旗をたおしたくない私が旗をたおしている。矛盾ですね。けれども、ナオミくんが、丹精こめてつくってくれたチャーハンである以上、すくわないわけにはいかない。ならば、ひとすくいひとすくい、全身全霊ですくうしかないのです。そういうことでしょう?」

「そういうことって、どういうことだ」

「われながらうまいこと言ったと思ったんですけどねえ」

オーナーは、スプーンを手にしたままずっこけた。

×　×　×

正門から出てきた高校生ペアに、侑斗は声をかけた。

「小林」

ふたりが振りむく。

少年のほうが、けげんそうに侑斗を見た。「小林ですが……何ですか？」

「サキと仲よくなれたんだな。よかった」

「何だよ、いきなり。あんた誰？　なんで俺たちのこと知ってんだよ」

少年が警戒の色をうかべる。少女も、不審者を見る目で見ている。

「やっぱり忘れたか、俺のこと。でも、お前たちが俺を忘れても、俺はお前たちの名前をおぼえておくことにした。そう決めた。それだけ言っておく」

言いのこし、きびすを返した。

背中から「キモーい。なにあの人、知り合い？」「知らないヤツ」と、ふたりの噂話《うわさばなし》が聞こえてくるが、侑斗は気にしなかった。

（えらかったね、侑斗。きちんと謝った）

頭の中に声がひびく。

「謝ってなんかない」

（謝ったよ、心の中で）

「……デネブ、俺な」

（なに）

「大学に行こうと思ってる」

ずっとかんがえていたことを吐露した。

「スゴいやつらだった。義経も、弁慶も、静、景時、源兵衛、忠信……それにあいつも。俺には、学ばなくちゃいけないことがいっぱいあるようだ」

侑斗は、腕時計を見た。

三回も水没しても、また復活し、一秒一秒、時をきざんでいる。過去に生きた人びとの時間にかさねて。

時がつづくかぎり、かれらは自分につながっている。

無限にのびる線路のように。

（……でも）

頭の中の声が口ごもる。

「反対か？　俺らしくはなくなっていくかもしれないが――」

（反対なんかしないよ！　反対しないけど……それって、〝桜井〟に向かう未来なんじゃないのか。侑斗はそれで悩んでたんだろ）

「かもな。でも、うじうじしてたら、また景時みたいなヤツが、俺の未来を勝手に決めようとする。俺の未来は、俺が決める。じゃないと……」

ふところの笛は、まだぬくもりをおびている。

――ほんとうに大切なものってすくないのです
ずっと、静の声がささやいていた。そよ風のように。

しかし、その風に吹かれて、すなおに言うのはシャクだった。

「じゃないと、俺を忘れないでくれてる馬のヤツにまで、見はなされちまう」

（……馬って……デネブのこと？　また俺を馬あつかいした？）

デネブの声が、湿りけをおびたのは、侑斗のにくまれ口のせいではないようだった。

（聞いてあげられたらよかったね、鬼の名前……。俺たち、ぜったい忘れないのに）

一瞬ためらって。

侑斗は言った。

「――引っかかってたことがある」

（なに）

「例の緊急鉄道電報、あいつに託したろ。そのとき、ゼロライナーの名前をつたえたか？」

（ゼロライナーの？）

「『テンオウ　シスカ　シタケ　セラ』――最後の署名は、ゼロライナーの電略だって、オーナーは言った。俺も、ずっとそう思いこんでた。が、電報を送ったのがあいつなら、ゼロライナーって名前を知ってなきゃいけないことになる」

（ゼロライナーなんて言ってないと思うけど……いや、言ってない。まちがいない）

「やっぱりな！」

侑斗の顔がかがやいた。

（どういうこと？）

「野上が言ってたろ。『セラ』は電略じゃなくて、発信者の名前じゃないかって。『電王、シズカを至急助けられたし　セラより』って、SOSじゃないかって。のこる可能性は、それしかない。つまり――」

（そうか！　鬼の名前は、セラか！）

「俺たちは最初から、あいつの名前を知ってたんだ！」

ふたりの声が、久しぶりにはなやぐ。

（今日はご馳走《ちそう》つくるぞ！）

デネブがはしゃいだ。
シイタケ入れんなよ！
——反射的に口をついて出そうになったのを飲みこんだ。
今日だけは、好きにつくらせてやりたい。ましてや、源兵衛のシイタケなら。
「あいつは、セラだ！」
侑斗は、さけびながら駆けだした。
デネブが待つ、時の列車に向かって。

おしまい

白倉伸一郎 | **Shin-ichiro Shirakura**

1965年8月、東京都生まれ。『仮面ライダー電王』テレビシリーズ、映画『俺、誕生！』『クライマックス刑事』『さらば電王』『鬼ヶ島の戦艦』『トリロジー』『レッツゴー』『プリティ電王とうじょう！』等をプロデュース。

『イマジンあにめ』等では一部脚本も担当。

現・東映株式会社取締役（テレビ第二営業部長 兼 経営戦略部ハイテク大使館担当）

講談社キャラクター文庫 033

小説《しょうせつ》 仮面《かめん》ライダー電王《デンオウ》
デネブ勧進帳《かんじんちょう》

2020年11月27日　第1刷発行

著者	白倉伸一郎《しらくらしんいちろう》 ©Shin-ichiro Shirakura
原作	石ノ森章太郎《いしのもりしょうたろう》 ©石森プロ・東映
発行者	渡瀬昌彦
発行所	株式会社　講談社
	112-8001　東京都文京区音羽 2-12-21
電話	出版 (03) 5395-3491　販売 (03) 5395-3625
	業務 (03) 5395-3603
デザイン	有限会社　竜プロ
協力	金子博亘
本文データ制作	講談社デジタル製作
印刷	大日本印刷株式会社
製本	大日本印刷株式会社

ISBN 978-4-06-519655-7 N.D.C.913 319p 15cm 定価はカバーに表示してあります。Printed in Japan